Pour Yoann Labroux - Satabin,

LA PETITE FASCISTE

en cordial hommage,

J. C.

JÉRÔME LEROY

LA PETITE FASCISTE

la manufacture de livres

Si vous souhaitez recevoir notre catalogue
et être tenu informé de nos publications,
envoyez vos coordonnées en citant ce livre à :

La Manufacture de livres, 101 rue de Sèvres, 75006 Paris
ou
contact@lamanufacturedelivres.com

ISBN 978-2-38553-178-2

www.lamanufacturedelivres.com

À Céline et Jérémie

« Qui aujourd'hui peut savoir où c'était ? Les menteurs contrôlaient les verrous. »

Norman Mailer, *Les Armées de la nuit.*

« Sitôt que notre esprit raisonne tant soit peu
En l'Avril de nos ans, en l'âge le plus tendre,
Nous rencontrons l'Amour qui met nos cœurs en feu,
Puis nous trouvons la Mort qui met nos corps en cendre. »

François de Malherbe,
Consolation à Idalie sur la mort d'un parent

« Besoin de rien, envie de toi
Comme jamais envie de personne
Tu vois le jour
C'est à l'amour qu'il ressemble. »

Peter et Sloane, *Besoin de rien, envie de toi*

1.

Le narrateur n'aura pas ici la prétention de dire que c'est l'affaire Bonneval qui, à elle seule, entraîna la chute de notre République. Néanmoins, elle y contribua. Il convient donc d'en raconter ici le véritable déroulement, tant elle est révélatrice du climat délétère des dernières années de la présidence de celui que les historiens ont appelé, sans trop de délicatesse, le Dingue.

Mais au moment de commencer ce récit, voilà qu'on hésite.

Faut-il débuter par cet homme qui marche seul dans les rues de Fort-Mahon, la nuit du 16 août d'un été des années 2020, avec un pull bleu marine noué sur les épaules malgré la chaleur effrayante et un Glock 17 glissé à l'arrière de son pantalon chino, sous une chemise en lin blanc qu'il laisse flotter.

Ou bien faut-il remonter légèrement le temps et, en juin de la même année, présenter au lecteur Francesca Crommelynck, vingt ans, longue, blonde, seulement vêtue d'une petite culotte, allongée sur son lit par une après-midi caniculaire, et qui parcourt un volume beige, à couverture rigide, intitulé *Vu de droite* et dont l'auteur est Alain de Benoist ?

2.

Commençons donc par l'homme, puisque c'est son image, pourtant moins plaisante, qui s'est imposée à nous.

Il a apparemment une allure sympathique et flâneuse d'étudiant en droit attardé, en vacances, qui rejoindrait par exemple une villa de famille après une soirée passée avec des amis dans un restaurant de l'avenue de la Plage, un de ceux, les meilleurs, près de l'esplanade qui donne sur la mer qu'on entend en bruit de fond puisque la marée est haute à cette heure – il n'est pas loin de minuit.

Cet homme est grand, il a la trentaine entamée, les cheveux borisjohnsoniens et il porte des lunettes à monture dorée. Il ne souffre cependant d'aucune déficience visuelle, c'est un genre qu'il se donne, une ruse professionnelle élémentaire. Pour l'instant, il s'appelle Victor Serge, comme tout le monde. Il a même dans ses papiers impeccablement faux une carte professionnelle d'huissier de justice.

Il marche dans la rue des Dunes, déserte, sous les étoiles. Il fait très chaud encore. La saison est terminée ou presque. Il n'y a que deux maisons, dans le genre chalet balnéaire, qui sont encore allumées, presque face à face.

Il voit un Duster Dacia garé devant l'entrée d'un garage de l'une et puis, le long du trottoir où se trouve l'autre maison, un SUV Volvo, XC90 probablement.

Victor Serge est contrarié.

Tout Fort-Mahon dort déjà, sauf justement ces deux maisons et c'est dans l'une d'elles qu'il doit intervenir. Il avait prévu de pénétrer silencieusement et de faire son travail avec discrétion et efficacité. Une moue agacée transforme son visage débonnaire aux bonnes joues.

Oui, Victor Serge est contrarié et même, il est perturbé, état d'esprit inédit pour lui. Il est perturbé non seulement par ce coup du sort mais aussi parce que ses commanditaires ne l'ont prévenu que ce matin. C'est le bordel dans tout le pays, il faut bien appeler les choses par leur nom.

Il soupire. Il a déjà été payé. Il n'est pas question de renoncer. De toute manière, il a décidé que c'était sa dernière mission. Il sent bien que l'on panique un peu partout, y compris dans les services occultes et autres officines parallèles qui font appel habituellement à ses services.

Juste après Fort-Mahon, il a prévu son itinéraire de repli pour quitter la France. Il ira au Portugal, du côté d'Ericeira, une petite station balnéaire au nord de Lisbonne. Il a acheté il y a quelques années une maison blanche de pêcheur, une planque connue de lui seul. C'est son assurance-retraite : voir les vagues de l'Atlantique s'écraser inlassablement sur la plage, les matinées de brouillard lumineux qui se lève vers midi, le vent salé qui souffle dans les petites rues, la corne de brume mélancolique, les sardines grillées et le vinho verde.

Il sera bien.

Dans son métier, il vaut mieux partir tôt, se mettre à l'abri des employeurs qui, un jour ou l'autre, ont la tentation de vous éliminer. Il avait prévu cette disparition pour plus tard, se donnant encore quelques années, mais une grande confusion politique et sociale règne en France. Elle se double de la guerre occulte entre les différentes factions de l'appareil sécuritaire qui, chacune, en fonction de leurs affinités idéologiques, pousse des camps différents pour succéder au Dingue. Cela provoque des d et des initiatives irrationnelles et sanglantes. Victor Serge n'a rien contre la violence, c'est son gagne-pain, mais il déteste l'irrationalité.

Il pourrait dans cette nuit anormalement chaude en Picardie maritime, même pour un 16 août, renoncer et partir tout de suite au Portugal. Mais ce qui a fait de lui un contractuel recherché, outre ses compétences, c'est aussi sa conscience professionnelle, sa morale presque oubliée d'artisan qui aime le travail bien fait.

Il décide donc d'agir.

Il va presque machinalement vers la maison où est garé le SUV Volvo, XC90 probablement, le statut social de sa cible n'étant pas compatible avec une Dacia. Le lecteur pourra s'étonner d'une déduction aussi hâtive chez Victor Serge, mais on l'a dit, il est perturbé.

Il ne va pas pouvoir utiliser son Glock, même avec le réducteur de son Fischer dernier modèle qu'il emboîte sur l'arme. Parce qu'un réducteur de son, c'est comme une promesse électorale. Ça n'est jamais totalement satisfaisant. Un réducteur de son, ça fait quand même du bruit. Ce n'est pas grave si vous êtes déjà dans la maison, que tout le monde dort et que vous tirez une fois la porte d'entrée refermée derrière vous. Mais là, il va devoir sonner pour qu'on lui ouvre.

Il s'approche de la maison, entend de la musique, s'étonne. Ce n'est pas qu'il soit expert en goûts musicaux d'un élu du peuple sexagénaire, tendance centre-gauche, mais il ne l'imagine pas écouter du garage rock britannique : il semble en effet à Victor Serge que ce soit *Run run run*, le dernier single de The Libertines qu'on entend venir de la maison.

Mais, après tout, il n'en sait rien.

Ses commanditaires matinaux ont juste donné le nom, l'adresse et ont dit de tuer toute personne présente dans la villa, sans distinction d'âge, de genre, de couleur, de religion. Ils n'ont pas dit ça comme ça, mais c'était l'idée.

De toute manière, ça ne gêne pas Victor Serge, cette grande égalité dans la mort donnée. Il n'a ni plaisir ni réticence en la matière contrairement à certains de ses coreligionnaires qui éprouvent un plaisir particulier à trucider des roux, des porteurs de pantacourts, des gens qui disent « impacter » ou, à l'inverse, qui vont avoir une certaine tristesse à en finir avec une lectrice de poésie, un vieux couple uni par des décennies de vie commune, une petite fille blonde qui avance un pied prudent dans l'écume sur une plage grecque.

Et c'est bien le problème des affects pour des gens comme eux : on le fait quand même, mais on le fait en ayant perdu une neutralité indispensable, et parfois on tire à côté, le rasoir dérape, on calcule mal le mélange explosif et tout devient chaotique, sanglant et pénible. Victor Serge n'a pas d'affects, sauf pour Ericeira, la brume, le soleil, le vent, et sa solitude qu'il aime plus que tout.

Il rejoindra bientôt tout ça et il est temps d'en finir cette nuit.

Il longe un côté de la maison qui s'appelle l'Abri côtier. Cela non plus ne colle pas trop avec la cible, ce genre de nom à la con. Il va à la recherche d'une porte arrière qui lui donnerait encore une chance de jouer sur l'effet de surprise. Mais ce qu'il découvre ne colle pas non plus : par la vitre de la salle qui donne sur le jardinet, trois couples assez jeunes dansent à poil sur une reprise de *Cuando calienta el sol* par Talya Ferro qui a succédé à *Run run run*.

Victor Serge enregistre des garçons en érection, une fille qui tire sur un spliff énorme, un bong, de la coke, des bouteilles d'alcool divers sur une table basse, un grand écran plat qui diffuse des clips.

C'est sûr, il s'est planté de maison. La bonne, c'est celle où est garé le Duster.

Il va repartir mais une porte s'ouvre, une des filles sort, titubante et nue, en rigolant niaisement, et s'accroupit pour uriner sur le gazon élimé du jardinet.

Victor Serge se fige.

La fille le voit.

Elle le fixe en continuant à uriner, d'un jet puissant et inépuisable. Victor l'espère suffisamment défoncée pour qu'aucune connexion ne se fasse dans son ciboulot inondé par les substances mais non, elle a enfin terminé sa miction nocturne et, comme si elle avait attendu ce moment, elle se met à hurler.

Et merde.

Victor Serge dégage le Glock. Il tire et Maëva Dupuis, vingt-trois ans, qui allait entrer en deuxième année d'une école de commerce à Amiens, meurt.

Le silencieux a quand même résonné fortement dans la rue des Dunes. Victor Serge espère néanmoins que la musique – maintenant c'est *Vomit Candy* des Johnny Mafia – a couvert le bruit. Ce serait possible, vu l'énergie du groupe sénonais.

Hélas, non.

— Kestufou, Maëva ? dit la voix pâteuse de Romain Rudy, vingt-trois ans également, qui redouble sa troisième année de kiné dans une école belge pourtant laxiste et qui apparaît à la porte. À vrai dire, c'est sa queue turgide que distingue d'abord Victor Serge sous les étoiles d'août.

Victor Serge tire de nouveau et Romain Rudy meurt en bandant.

Ensuite, il y a Louis Lopez, toujours vingt-trois ans, le régulier de Maëva Dupuis qui colle un visage horrifié à la baie vitrée de la salle où se préparait la partouze balnéaire de fin de saison.

Victor Serge tire deux fois parce que le réducteur de son Fischer rend le Glock imprécis et que la première balle de 9 mm a brisé la vitre mais raté Louis Lopez qui attendra un très bref instant que la seconde balle n'entre dans sa bouche bée, y provoquant des dégâts irréparables.

Victor Serge pénètre dans la maison. Ça sent la sueur, l'herbe, le sexe et, malgré tout, cette odeur de poussière sableuse humide des locations de bord de mer. La fille au spliff énorme, Océane Bellanger, vingt-six ans, professeure des écoles dans un quartier difficile de Rouen, continue de danser lentement, les yeux fermés, sur un rythme totalement désaccordé avec *Vomit Candy*. Elle ne se rend compte de rien, même pas de la balle de 9 mm qui entre sous son sein gauche et lui fait exploser le cœur. Au passage, Victor Serge tire dans l'écran plat parce que les Johnny Mafia, ça va cinq minutes.

Il est étonné par les réflexes d'un garçon circoncis, Chemseddine Oufkir, vingt-cinq ans, qui termine un master de droit public à la Catho de Lille. Chemseddine Oufkir prend le bong et le jette sur lui. Victor Serge esquive, entend les fracas du verre derrière lui, et tire dans le cervelet du jeune homme qui courait déjà vers la porte donnant sur la rue des Dunes.

Il tue ensuite une jeune femme aux cheveux très longs, qui s'est recroquevillée dans un coin en position fœtale, se noyant littéralement dans son abondance capillaire comme si cela pouvait la protéger. C'est Laura Saline, vingt-quatre ans, collègue d'Océane Bellanger à l'école primaire Marceau-Pivert de Rouen. Elle ne saura jamais que son roman, *Les Fillettes contradictoires,* qu'elle a envoyé au printemps dernier chez différents éditeurs, vient d'être accepté et qu'un mail qu'elle ne lira pas arrivera demain sur son smartphone.

Les Fillettes contradictoires, malgré leur aspect expérimental et leurs 1 200 pages, seront un immense succès de librairie, contemporain de l'effondrement de notre République. Il est difficile de comprendre les raisons de ce succès – un prix Goncourt posthume, une quarantaine de traductions, deux adaptations cinématographiques, une espagnole et une italienne, l'industrie cinématographique française s'étant retrouvée assez vite à l'arrêt après la chute de notre République.

Est-ce le destin tragique de l'autrice, victime fauchée dans ce que les chaînes infos appelleront « la tuerie de Fort-Mahon » et dont on devait découvrir assez vite qu'il s'agissait d'un dégât collatéral de l'affaire Bonneval, cette Laura Saline, surnaturellement belle, unanimement pleurée sauf par CNews qui s'interrogea sur la décadence de l'Éducation nationale composée de drogués partouzeurs qui n'étaient pas pour rien dans la nécessité de l'ordre nouveau qui succéda à notre République.

Est-ce parce que ce roman, pourtant difficile d'accès, parut au moment où tout s'effondrait autour de nous et que l'aspect lyrique et prophétique, pornographique et utopique des *Fillettes contradictoires* fit écho, malgré son abord ardu, à l'angoisse d'un peuple tout entier ? Ou que ce roman, assez lumineux malgré tout, fut le dernier témoignage de la beauté souveraine de la langue française et l'ultime témoignage d'un certain génie universel d'une nation dont on sait désormais ce qu'elle est devenue, et c'est d'ailleurs cette seconde hypothèse que privilégierait plutôt, au bout du compte, le narrateur.

Tout cela ne doit pas nous faire oublier qu'il reste encore une jeune femme dans l'Abri côtier, Léa Vandekerkove, vingt et un ans, amie d'enfance de Louis Lopez et travailleuse sociale à Abbeville.

Elle atteint le couloir qui mène à l'entrée principale avec une rapidité surprenante compte tenu de son surpoids et de ce qu'elle a bu, fumé et sniffé depuis le début de la soirée, elle a même le temps d'ouvrir la porte, de sortir avant que deux balles de Glock ne la projettent sur le capot du SUV Volvo, XC90 probablement. Son corps blanc, avec deux trous rouges au côté droit, contraste sous les étoiles de la nuit picarde avec le noir du capot de l'automobile suédoise.

C'est un désastre, tout ça, je me casse maintenant, songe Victor Serge. Il sort à son tour de l'Abri côtier et regarde la maison en face où l'on doit déjà appeler la police. Il aurait peut-être le temps d'y rentrer et d'accomplir son ultime mission, avant de récupérer la voiture de location banale qu'il a laissée à deux cents mètres, dans une autre rue aussi calme que l'était la rue des Dunes.

Non, il vaut mieux y aller tout de suite, pense Victor Serge, quelques secondes avant de mourir.

Car Victor Serge va mourir.

La Mort qui vient le chercher n'a pas les yeux d'un amour perdu. À vrai dire, Victor Serge n'a jamais vraiment aimé personne à l'exception, peut-être, de cette infirmière qui lui toucha le sexe lors d'une visite médicale au CP. Elle n'a pas non plus le visage plus classique de la Camarde avec une faux mais plus simplement celui d'une octogénaire encore vaillante, de petite taille, Paulette Boitel, avec dans les mains un fusil de chasse calibre 12 à canons superposés Manufrance qui appartenait à Jean-Pierre Boitel. Jean-Pierre Boitel était ouvrier dans une usine de serrurerie du Vimeu et ses plaisirs, outre sa maisonnette de type stellienne, construite rue des Dunes en 1970, avant que les terrains de Fort-Mahon ne flambent, étaient la chasse à la hutte dans la baie de Somme toute proche où il tirait le canard avec ses copains de la CGT.

Paulette Boitel qui a le sommeil léger, et dont la stellienne donne sur l'arrière de l'Abri côtier, la maison en face de celle du député, a tout vu. Comme elle n'a pas retrouvé le portable offert par sa belle-fille, elle a préféré ressortir le fusil de Jean-Pierre qu'elle a chargé avec de la chevrotine gros grains, celle que Jean-Pierre utilisait les rares fois où il abandonnait le canard pour le sanglier. Ce n'est pas parce que les jeunes drogués faisaient un boucan de tous les diables depuis trois jours qu'on devait les laisser se faire dessouder. Paulette a chargé le fusil et, en claudiquant, est juste arrivée pour voir le corps de Léa Vandekerkove atterrir sur le capot du SUV Volvo, XC90 probablement.

Elle distingue juste après le type aux lunettes dorées. Il se tourne vers elle, remonte la main qui tient un flingot rendu bizarre par l'adjonction du réducteur de son Fischer. Sans trembler, Paulette Boitel épaule pour lui balancer la purée en plein dans le buffet, encaissant le recul avec stoïcisme.

Victor Serge est soulevé au milieu de la rue des Dunes. Il retombe durement sur l'asphalte usé, il n'a pas mal mais il ne peut plus respirer, il retire ses lunettes en verre blanc tachées de sang comme si cela allait arranger quelque chose. Il ne peut plus bouger non plus, il va mourir, il le sait, il décide de penser à Ericeira, à la brume dorée, mais c'est sans compter sur l'apparition surnaturelle d'une grande femme blonde, la soixantaine sportive, en jean avec un haut blanc qui laisse apparaître des bras bronzés et qui lui dit, le visage crispé, les yeux cernés :

— C'est pour Bonneval que tu venais, hein, salopard de fils de pute. Mais il n'est plus là, Bonneval, espèce de connard !

Victor Serge songe que ce langage ne va pas du tout avec l'allure de cette femme blonde dans la clarté lunaire de la rue des Dunes et qui commence à lui écraser le visage avec son pied droit chaussé d'une New Balance beige en pleurant et en répétant : « Il n'est plus là, Bonneval, il n'est plus là. »

Elle s'arrête seulement d'écraser le visage de Victor Serge lorsque moins de vingt minutes plus tard, des voitures avec gyrophare et sirène arrivent et qu'un agent de police la tire en arrière pendant que d'autres s'approchent prudemment de Paulette Boitel et de son fusil de chasse tandis que d'autres encore, entrant dans l'Abri côtier, mesurent l'ampleur du carnage et qu'un lieutenant de police, sachant qui habite en face, comprend que le tueur défiguré par la New Balance de la blonde élégante s'est trompé de maison, ce con.

3.

Et maintenant, revenons, si vous le voulez bien, près de deux mois plus tôt, à Francesca Crommelynck, la jeune femme que nous avons entrevue au début de ce récit, quasiment nue sur un lit et se livrant, certes sans intérêt excessif, à la lecture de la bible de ce qu'on a appelé, à la fin des années 70 du siècle dernier, la Nouvelle Droite. C'est-à-dire, en fait, une très vieille droite extrême qui croit à la race aryenne indo-européenne, aux nymphes dans les fontaines, à l'énergie des menhirs autour desquels il convient de faire danser nues des vierges coiffées de couronnes de fleurs, aux légendes celtes et aux dieux de l'Olympe. Des genres de beatniks cryptonazis, si vous voulez.

Tout cela paraît toujours éminemment romantique mais un peu infantile tout de même à Francesca Crommelynck. Francesca

Crommelynck ressemble à une affiche de propagande nationale-socialiste, allongée dans la chaleur de juin, un léger voile de sueur sur la lèvre supérieure et sur le duvet clair, presque enfantin, de ses bras fins mais étonnamment musculeux, comme le sont ses épaules et ses cuisses.

Cela dit, la comparaison avec une jeune SS est peut-être trop évidente et il convient de s'arrêter sur un point de la biographie de Francesca Crommelynck, pour la nuancer, cette comparaison. En effet, il y avait eu Jugurtha Aït-Ahmed qui, à treize ans, dans un poème qu'il lui avait écrit, l'avait appelée « la kolkhozienne aux seins nus ». Cela l'avait marquée et la marque encore.

À sept ans, Francesca était en CE1 à l'école primaire Anatole-France de Frise. Ses parents et son grand frère la surnommaient déjà avec tendresse « la petite fasciste ». Elle était pourtant tombée amoureuse de Jugurtha Aït-Ahmed, d'un amour d'une espèce assez rare, qui naît dans l'éblouissement d'une cour de récréation avec la lumière bleutée de septembre et qui dure encore à l'adolescence, malgré les bouleversements hormonaux.

Jugurtha et Francesca devinrent inséparables. Dès dix ans, ils allaient se baigner tous les deux quotidiennement, quel que soit le temps. Ils trouvaient toujours, avec cette ingéniosité des enfants qui vaut bien celle des contractuels du genre de Victor Serge, le moyen de s'échapper pour se rejoindre sur la plage immense de Frise, celle qui commence après le port industriel en pleine déshérence et va jusqu'à la frontière belge. La plage de Frise est bordée par un cordon de dunes couvertes d'oyats et parsemée de blockhaus en ruine. Ce sont des souvenirs du mur de l'Atlantique qui servent désormais aux amants laissant derrière eux beaucoup d'illusions et quelques préservatifs usagés, aux jeunes alcoolisés amateurs de feu de camp et de bière tiède, aux graffeurs peu doués voulant marquer illusoirement un territoire et, plus fréquemment encore, aux promeneurs satisfaisant des besoins urgents.

Après leur baignade, Francesca et Jugurtha restaient ensuite étendus côte à côte, la main dans la main, au soleil qui brille plus souvent que l'on ne le dit sur la mer du Nord. Ils léchaient mutuellement les traces de sel sur leurs bras, leurs joues, leurs cuisses. Cela les faisait rire. C'était bon. On aurait dit une chanson de Jean Ferrat ou d'Isabelle Aubret.

Jugurtha était d'une famille kabyle et communiste. Son père travaillait comme docker sur le port de Frise. Mais son physique de blond aux yeux gris, au teint pâle, pouvait prêter à confusion. C'est pour cela que la petite fasciste laissa parler son cœur tout en tenant par ailleurs des propos d'un racisme décomplexé qu'elle entendait chez elle. On sait, n'est-ce pas, que les adolescents ont un art consommé de la dialectique quand il s'agit de satisfaire leurs désirs paradoxaux.

Ils faillirent être séparés par le système éducatif qui révèle chez nous, comme dans tous les autres domaines de la vie, une appartenance de classe.

Jugurtha Aït-Ahmed entra à onze ans au collège Valentina-Terechkova. L'établissement se trouve dans le quartier des Rouges-Barres, sur les hauteurs de Frise. Il vivait là avec ses parents et ses cinq frères et sœurs, dans une maison de briques au milieu de beaucoup d'autres maisons de briques avec potager et remise, sans compter des immeubles construits par Auguste Perret qui offraient une vue imprenable sur la mer. Cela faisait saliver des promoteurs qui auraient bien vu à la place des Rouges-Barres un complexe avec des hôtels de luxe et un golf, histoire de transformer Frise en ville touristique. On aurait même pu trouver un grand capitaliste pour y installer une fondation d'art contemporain qui aurait permis à Frise de trouver sa place dans les guides avec la mention « Vaut le voyage ». Les promoteurs tentaient depuis des années de corrompre sans succès le député Bonneval, par ailleurs 1er adjoint à la mairie de Frise pour éviter le cumul des mandats, mais qui contrôlait de fait la municipalité et la communauté urbaine dont il était président.

Chez Francesca Crommelynck, l'ambiance familiale était plutôt néopaïenne que marxiste-léniniste. On fêtait Yule le 21 décembre, pour le solstice d'hiver, et on se réunissait à table autour d'une petite tour en terre cuite ajourée contenant une bougie. On préférait ça à la crèche du vilain dieu nazaréen qui avait coupé les couilles à la raison spartiate du monde grec et à la poésie sauvage des Vikings. Mais, pour sauver les apparences, on mettait quand même un sapin où, discrètement, quelques svastikas stylisés se mélangeaient aux boules et aux guirlandes. Pourtant, en sixième, Francesca Crommelynck dut de son côté aller à l'Institut Notre-Dame-des-Douleurs, le fleuron de l'enseignement privé catholique de Frise, surnommé familièrement par les habitants la Doule.

La Doule allait de la sixième au BTS, plus les classes prépas, notamment une hypokhâgne et une khâgne qui se vantent d'avoir plus d'admissibles à Normale Sup que le lycée Faidherbe de lle, la capitale régionale, et même que le lycée Jean-Bart de Dunkerque, la sous-préfecture portuaire, vieille rivale de Frise.

C'est d'ailleurs, en ce jour trop chaud de juin, son échec relatif à Normale Sup que rumine Francesca Crommelynck. Sous-admissible, elle se demande si elle va redoubler sa khâgne ou passer un an dans un hameau de l'Eure, Cerson, qui compte une dizaine de fermes retapées et qui se définit comme une ZID, une zone identitaire à défendre. Une douzaine de familles y sont installées et pas mal de jeunes gens y passent pour se préparer à la guerre raciale qui vient.

Francesca Crommelynck n'en peut plus de cette chaleur ni de *Vu de Droite* d'Alain de Benoist. Mais ce livre appartenait à son frère Nils, et comme tout ce qui appartenait à Nils, ce livre est sacré. Est-ce le résultat de ce concours et les vingt ans qu'elle a fêtés la semaine dernière, en plus de la canicule, qui la laissent ainsi, dans sa chambre, entre introspection, interrogation et souvenirs d'enfance ?

Elle est à un carrefour, Francesca Crommelynck, elle le sent bien et c'est pour cela qu'elle laisse sans déplaisir la silhouette de Jugurtha Aït-Ahmed s'imposer à elle, se confondre étrangement avec celle de son frère, et sa main glisse sous sa culotte La Perla, plus exactement un modèle dit hipster, mais elle s'arrête assez vite : elle ne va pas se branler sur des morts.

Car son frère Nils et Jugurtha Aït-Ahmed, son premier amour, sont morts il y a quelques années à un court intervalle, et ce n'est pas pour rien dans la rage que met Francesca Crommelynck en toute chose : ses études, ses bains de mer en plein hiver et son militantisme dans le groupe d'ultradroite « Lions des Flandres », régulièrement dissous avant la chute de notre République par le ministre de l'Intérieur du Dingue, et régulièrement reconstitué sous des noms à peine différents.

Jugurtha Aït-Ahmed, ce joli garçon nourri de folklore communiste par son père docker, secrétaire de la section PCF de Frise, et Francesca Crommelynck continuèrent à se voir malgré leur séparation scolaire. L'entrée en sixième avait signifié pour chacun d'eux l'obtention d'un portable et les SMS entretinrent leur jeune flamme, comme les retrouvailles régulières dans les dunes ou les blockhaus. Ils poussèrent leur flirt assez loin sans aller jusqu'au bout : ils étaient tous les deux tombés, chacun sans oser le dire à l'autre, sur des images pornographiques sur Internet. Ils eurent peur de ne pas être à la hauteur et surtout, ça ne leur donnait pas envie, cette boucherie gynécologique, d'aller au-delà de caresses précises et plaisantes qui leur suffisaient bien.

Aujourd'hui, Francesca Crommelynck regrette de ne pas être allée plus loin avec le corps velouté de Jugurtha, son petit sexe nerveux et circoncis qu'elle sentait sous le maillot de bain, sa bouche qui se posait sur ses mamelons naissants et ses doigts qui lui donnaient un plaisir écumeux presque aussi fort que lorsqu'elle s'en occupait toute seule.

Elle aurait parfaitement pu, se dit-elle alors qu'elle se redresse sur le lit et hésite à allumer un joint, à vivre en étant à la fois la petite fasciste de Nils et la kolkhozienne aux seins nus de Jugurtha.

Elle constate juste qu'elle n'est plus rien de tout ça, en ce juin obstinément éblouissant : les deux seuls garçons qu'elle avait aimés étaient morts. C'est idiot, l'enfance, pense notre khâgneuse identitaire, c'est du deuil qui continue.

Elle allume finalement le joint.

Évidemment, ce que Francesca Crommelynck ne sait pas, comme nous tous, c'est à quel point nos vies reposent sur des mensonges que nous ne déjouerons jamais, ce que nous allons maintenant découvrir.

Nils avait quinze ans de plus que Francesca. Les parents Crommelynck n'avaient pas trop prévu la naissance de Francesca, croyant les médecins : ils avaient dit, après le premier accouchement difficile de Mélanie Crommelynck, que ça s'arrêterait là pour la descendance, qu'ils étaient désolés, mais bon, c'était la vie.

Et puis voilà cette petite fille qui arrive à la fin d'un mois de mai pluvieux, quinze ans après, « C'est elle le printemps ! » avait dit fou de joie Eusebio Crommelynck, et il l'avait appelée Francesca comme sa mère. Un point sur la généalogie de Francesca Crommelynck ne sera pas ici inutile pour le lecteur. Francesca Liverani, la mère d'Eusebio, était la fille d'une immigrée italienne, Sofia Liverani, qui n'avait pas fui le fascisme, comme tant d'Italiens arrivés dans le nord de la France, mais plutôt la fin du fascisme. À chacun ses drames.

Sofia Liverani était la femme de Milo Liverani, sous-officier squadriste des Brigades noires d'Alessandro Pavolini, les troupes de choc de Mussolini pendant l'éphémère République sociale italienne, dite République de Salò. Quand Milo Liverani avait assisté à la seconde et dernière chute de Mussolini, les larmes aux yeux, il s'était suicidé avec son pistolet Beretta 7,65 modèle 34, le 30 avril 1945, dans l'évacuation chaotique d'un hôtel transformé en ministère, au bord du lac de Garde. Il laissait son épouse Sofia et la petite Francesca en pleine détresse morale mais avec pas mal de bijoux volés aux Juifs de Milan et le Beretta qui était resté une relique familiale aujourd'hui encore.

Sofia Liverani, avec sa fille Francesca, qui avait trois ans, après avoir payé de multiples passeurs et échappé à la résistance italienne et aux Alliés, passa en France. C'est dans le Nord, à Frise, qu'elle s'arrêta enfin et ouvrit une pizzeria, ce qui était, en 1946, une grande nouveauté dans les Flandres maritimes. La petite Francesca, elle, épousa dans les années 70, Jean-Claude Crommelynck, un agent de police, fils d'un collabo du mouvement flamand de l'abbé Gantois, homme d'Église qui avait personnellement écrit à Hitler pour demander l'intégration de la Flandre dans le Reich.

Bref, au-delà de l'attirance physique mutuelle du grand blond Jean-Claude Crommelynck et de la brune aux seins lollobrigidesques Francesca Liverani, tous deux communièrent autour de cette injustice historique : aux deux bouts de l'Europe, leurs parents de bonne volonté avaient été des incompris.

Francesca Liverani et Jean-Claude Crommelynck ne firent pas leur voyage de noces bien loin de Frise puisqu'ils allèrent à Dixmude, lors la sauterie internationale annuelle des extrêmes droites identitaires, au mois d'août. La légende familiale veut qu'Eusebio, le père de la Francesca qui nous intéresse ici, ait été conçu dans cette charmante cité sur les bords de l'Yser, au pied de la tour du même nom, dans la nuit pleine de chants virils, enthousiastes, racistes et fraternels.

L'arrivée inattendue de notre Francesca provoqua aussi le grand bonheur de Nils. Malgré son prénom, il avait le poil noir et dru des Liverani tandis que Francesca prit assez vite la haute taille et les yeux bleus du côté Crommelynck.

Nils vénérait sa petite sœur. Il n'eut pas tout de suite connaissance de l'histoire d'amour enfantine entre Francesca et Jugurtha. Francesca Crommelynck sentait bien que le petit kabyle avec son étoile rouge au revers de ses blousons, cadeau du père revenu d'un voyage d'études dans les dernières années de l'URSS, et ses autocollants de Marx faisant des clins d'œil sur son cahier de textes, tout ça ne serait pas du goût de sa famille : ni de son père Eusebio ni de sa mère Mélanie, tous les deux militants au Bloc Patriotique et encore moins de son frère Nils qui ratait ses études à force de fréquenter depuis ses seize ans le KFE, Kombat Flandres Europe, le nom du groupe identitaire de Frise à l'époque.

Mais tout finit par se savoir dans une ville de 60 000 habitants à peine. Cela mit Nils très en colère. Il ne voulait pas que sa sœur adorée se fasse dépuceler par un bougne qui, en plus d'être bougne, était de la graine de racaille rouge. Et puis, si ça se savait, que sa petite fasciste à lui fréquentait ce Jugurtha, il allait passer pour un con. Déjà qu'il ne faisait pas figure de type brillant, ça achèverait sa réputation. Il ne dit rien à sa sœur qui était maintenant en troisième. Cette sœur qui l'adorait, qui était la seule à ne pas le regarder avec ce léger mépris qu'il voyait même parfois dans les yeux du père.

Qu'il soit resté l'idole d'une petite fille aussi intelligente, aussi belle, c'était le seul miracle de sa vie vouée à la haine, la rancœur, la peur, et la misère sexuelle puisqu'il devait se contenter des prostituées du port ou, quand il avait de la chance, d'une grosse tatouée qui traînait avec les gars du KFE et qui ressemblait plus à une punk à chien qu'à une combattante de la suprématie blanche, il faut être honnête.

À trente ans, Nils bossait comme dans la boîte de sécurité fondée par son père : Crommelynck Protection, cinquante jeunes gens bien entraînés, souvent d'anciens militaires ou d'anciens flics. La plupart des contrats de la boîte, dont les locaux étaient dans la zone commerciale du Grand-Catzand, étaient passés avec le Bloc Patriotique. Protection des candidats, des rassemblements et autres meetings, un peu partout dans les Hauts-de-France.

En revanche, Nils était, physiquement, au sommet. À Crommelynck Protection, il y avait un stand de tir agréé par la préfecture, une salle de gym grand luxe et même une piscine où il faisait des merveilles. Dans le genre râblé, il assurait, le Nils, et on n'osait pas trop se foutre de sa gueule chez les collègues. Pas seulement parce qu'il était le fils du patron, mais parce que personne n'avait envie de le défier. En matière de force, il y a ceux qui rassurent et ceux qui inquiètent. Nils faisait partie des inquiétants. Sauf pour Francesca. Pour Francesca, il était celui qui lui avait appris à faire du vélo, à nager, et même à tirer. Et c'est dans le stand de tir de Crommelynck Protection qu'était né son surnom affectueux de « petite fasciste ».

Elle avait quoi, cinq ans ? Six au maximum ?

Le dimanche matin, tôt, le père et le fils, qui vivait toujours dans la grande maison des Crommelynck, dans le quartier de la Pinède, avaient l'habitude d'aller vider quelques chargeurs au stand. Ce matin-là, ils buvaient leur café sans un mot, les yeux sur la piscine recouverte de sa bâche de protection, elle-même recouverte de feuilles. Les deux hommes remâchaient des sentiments vagues sur l'automne, le temps qui passe, la décadence, le Grand Remplacement et, en ce qui concernait Nils qui avait détecté sous la douche un genre de purulence méatique, des inquiétudes vénériennes. Ils entendirent la petite voix derrière eux :

— Vous allez où ?

— Retourne te coucher, Francesca, il est encore tôt. Maman dort…

— Je veux aller avec vous. Vous partez toujours sans moi le dimanche…

— Mais tu ne peux pas, ma chérie, tu es trop petite ! dit Eusebio.

Francesca courut directement dans les bras de son frère qui dut reposer rapidement son mug illustré par une photo de Mussolini pour accueillir la petite blonde qui s'était habillée toute seule, tee-shirt à moitié rentré dans le jean, baskets pas nouées. Elle sentait encore le sommeil.

Francesca, qui est pour l'instant, rappelons-le, en cette journée éclatante, nue sur son lit à fumer de l'afghan noir, se rappelle aussi une odeur de ce dimanche-là, celle de son frère, celle de Nils qui utilisait *Habit Rouge* de Guerlain, eau de toilette qui la plonge encore dans des abîmes ambigus de plaisir et de chagrin, quand elle la sent par hasard dans la rue.

Mais, après, elle a oublié la suite : c'était il y a quinze ans et elle n'en a que vingt.

Son frère regarda son père et demanda :

— Et pourquoi on ne l'emmènerait pas ?

— Ta mère va être furieuse, Nils…

— Elle est toujours furieuse, non ?

— Elle est furieuse parce que tu fais le con avec tes copains du KFE et que tu vas cramer la candidature du Bloc aux municipales, surtout si je reste sur la liste…

— On te l'a fait comprendre ?

— Oui, Nils, on me l'a fait comprendre.

Nils sentit les petits bras de Francesca se resserrer autour de son cou, en signe d'impatience.

— C'est quand même hypocrite, tout ça, non ? Maman, toi, et une bonne partie du Bloc, vous êtes d'accord avec les zids mais vous trouvez qu'on sent sous les bras.

— Oui, Nils, c'est ça, tu sens sous les bras, c'est exactement ça. On te demande juste de mettre une cravate et d'arrêter tes conneries avec les migrants. Bon, on y va ?

Ils installèrent Francesca dans le siège enfant et, en moins de dix minutes – on était un dimanche matin –, ils étaient au stand de tir de Crommelynck Protection dans la zone commerciale du Grand-Catzand, triste comme toutes les zones commerciales.

Ils mirent un casque anti-bruit et des lunettes de protection. Ils vidèrent plusieurs chargeurs d'armes de poing diverses. Francesca, en arrière, équipée de la même manière, se mit à rire de bonheur en tapant dans ses mains. Elle trouvait ça plus drôle que les attractions de la ducasse Saint-Bonaventure qui s'installait chaque année sur la place de l'Hôtel-de-Ville. Elle aimait le bruit, la fumée, l'odeur, la vision de son père et de son frère, concentrés et souriants, quand revenaient vers eux les cibles.

Ce fut Nils qui proposa à son père de faire tirer Francesca. Le père après quelques réticences trouva l'idée amusante. Francesca fut juchée sur une caisse dans le pas de tir pour être à la bonne hauteur et Nils derrière elle l'enveloppa et la guida pour lui faire appuyer sur la détente d'un Tanfoglio 22LR. Instinctivement, elle avait pris la position idéale. Pris d'une intuition, Nils la laissa tirer seule les dix cartouches.

Eusebio et son fils crurent à la chance des débutants.

Ils la firent tirer de nouveau.

Mais là aussi, il fallut se rendre à l'évidence, les impacts étaient parfaitement groupés.

— Bah voilà que ma Francesca est une championne ! Elle est douée notre petite fasciste, hein papa ? exulta Nils.

Quinze ans plus tard, après être allée chaque semaine s'entraîner les dimanches matin avec les deux hommes, Francesca Crommelynck, la petite fasciste devenue grande, est la seule khâgneuse de France à disposer d'un permis de port d'arme pour le tir sportif et à posséder le Tanfoglio 22 de son enfance derrière ses Drieu La Rochelle, en édition originale pour la plupart.

Nils comprit la nature des relations entre sa sœur et Jugurtha Aït-Ahmed quand les deux adolescents entrèrent en troisième.

Il décida de ne pas traîner. Septembre est le meilleur mois pour se baigner à Frise, le sable a été chauffé tout l'été et quand la marée remonte, l'eau de la mer du Nord a des températures méditerranéennes. Il savait que Francesca passait son temps ces jours-là à la plage, bien après la Digue, parce qu'il y avait de moins en moins de monde et qu'elle jouait à touche-pipi dans les oyats.

Ce mercredi après-midi là, il suivit sa sœur qui prit un bus à la sortie du quartier de la Pinède. Qu'elle était belle, Francesca, à quatorze ans, déjà élancée, déjà plus grande que lui, la peau brunie. Il tiqua un peu de la voir porter un short en jean qu'elle avait troqué contre l'uniforme obligatoire à la Doule, jusqu'à la terminale. Elle n'avait pas les jambes trop maigres des adolescentes, mais déjà celles, musclées et pleines, d'une jeune sportive.

Il savait aussi que Jugurtha descendait directement des Rouges-Barres à la plage par la Colline, cette anomalie géologique dans les Flandres, empruntant un sentier à la pente assez raide, à peine dessiné, sans passer par la ville elle-même. Un sentier que pas grand monde ne fréquentait parce qu'il était très casse-gueule.

Cet après-midi-là, il y avait du vent, un vent qui soulignait le silence. Il attendit sur le sentier. On voyait à l'horizon des cargos. Bientôt, on verrait des éoliennes. Elles défigureraient la vue immense. Connards d'écolos. S'il croisait quelqu'un, il renoncerait. Sa sœur attendait Jugurtha deux cents mètres en contrebas, lisant sur le ventre *Ravage* de Barjavel, un roman sur la fin du monde, d'après ce que Nils avait compris.

Il n'en voulait pas personnellement à Jugurtha. « C'est une guerre, Jugurtha », lui aurait-il dit s'il avait eu l'occasion de s'expliquer. Il ne fallait pas se mélanger entre races, c'était tout. Cela rendait le monde laid et impur, comme les éoliennes.

Jugurtha arriva, torse nu, une serviette sur les épaules et un sac à la main. Il chantait. Il allait se faire polir le gland par sa sœur et il chantait, ce Kabyle.

Nils surgit devant lui. Nils fut un instant dérouté, parce que Jugurtha lui sourit d'un sourire éclatant. Jugurtha allait dire quelque chose. Quelque chose d'aimable et de gentil. Il ne fallait pas qu'il parle. Ça rendrait tout plus compliqué.

Nils l'étrangla, très vite, presque avec regret. Il tira le corps à l'écart du sentier vers les herbes hautes qui sifflaient à cause du vent. Il fit bien : deux autres ados descendaient déjà, silencieux, attentifs à ne pas glisser. Il les laissa passer, une main absurdement posée sur la jolie bouche de Jugurtha, comme s'il pouvait encore parler.

Nils creusa avec les mains dans le sable, pas très profondément, pour cacher le corps, au moins le temps qu'il s'en aille. Nils déboucha des dunes sur la Digue, calmement, comme un promeneur. Il marcha, ne croisant pas grand monde, il alla même prendre un café dans le dernier bar d'été encore ouvert. C'était tout.

Dans les jours qui suivirent, il n'eut même pas peur d'être arrêté. Il était trop occupé à regarder le visage désespéré de sa petite sœur qui répondait par monosyllabes. Elle ne disait rien, elle ne pouvait rien dire. Il fut surpris qu'on ne découvre le corps de Jugurtha qu'une semaine après. Il ne croyait pas l'avoir si bien caché. L'émotion fut immense. On vit le député Bonneval rendre visite à la famille. Le père faisait partie de la majorité municipale. On ne soupçonna pas spécialement un crime raciste. « Il n'avait vraiment pas l'air d'un Arabe de toute manière », dit une dame couperosée, questionnée par un envoyé spécial de chaîne info. « Plutôt un règlement de compte tragique entre bandes, qu'en pensez-vous, Ivan ? » commenta l'animateur vedette.

On vint interroger, quand même, les membres de Kombat Flandres Europe soit au Bouclier, le nom du local qu'ils occupaient dans le quartier du Bastion, au pied de ce qui restait des fortifications Vauban, du côté du port de pêche, soit sur leur lieu de travail soit chez eux. Pour Nils, ce fut dans les locaux de Crommelynck Protection. Alors qu'il remplissait des tâches administratives, un flic sympathisant identitaire vint vérifier son alibi sans trop insister puisqu'il lui arrivait de faire des « ménages » pour Eusebio qui en profita pour lui offrir une bière.

— On aura beau dire, remarqua le flic en reposant son verre de Goudale, ces gens-là ont vraiment une culture de la violence, non ?

On acquiesça entre gens de bonne compagnie. On regarda la pluie tomber. L'été indien était terminé. Nils réprima un rot. Il pensa que Francesca n'irait plus à la plage cette année.

4.

Francesca Crommelynck termine son joint. Elle est défoncée. Elle s'en rend compte parce que maintenant c'est un soleil couchant qui noie sa chambre, une confiture de crime aurait dit le poète Jules Laforgue. Elle aime bien Laforgue, pas tout, mais elle aime bien. Elle se rend compte à quel point le THC a distendu le temps.

Elle va attendre que ça passe. Rien ne vaut les crépuscules de juin dans les Flandres. Il faudrait qu'elle bouge, qu'elle prenne une décision. Dire à ses parents qu'elle ne redouble pas sa khâgne, qu'elle part à Cerson, dans la ZID, pour une année sabbatique. Mais elle ne sait même pas si elle en a envie.

Quand elle sera moins défoncée, elle pourrait aller au Bouclier, boire des bières avec les camarades, se faire traiter d'intello et aller défier l'insulteur à la boxe, dans l'arrière-salle avec son ring et un grand drapeau flamand au lion noir sur fond jaune, pour lui mettre sa branlée. Le Chef rigolerait, lui demanderait quand elle va se décider à la faire, sa conférence sur Julius Evola, et lui parlerait à un moment ou à un autre de Nils, dont le portrait est au-dessus du bar.

Elle prend une douche. Ça va mieux. Elle descend. La mère est devant l'écran plat, dans le salon, elle a passé l'après-midi dans la piscine.

— Tu dînes avec nous, Francesca ?

— Non. Je sors.

La mère ne fait pas de commentaire. Francesca s'assoit à côté d'elle. La porte-fenêtre est ouverte. La mère écrase une cigarette dans un cendrier plein. L'odeur du tabac dans le salon le dispute à celle, résineuse, de la Pinède. On entend des enfants jouer dans les villas voisines, on ne les voit pas. L'été est en avance.

Sur l'écran défilent les images des émeutes en banlieue, un peu partout. Des piquets de grèves et des manifs, aussi. Des affrontements qui ont lieu entre les Soulèvements de la Terre et la police, du côté des mégabassines du marais poitevin, du site d'enfouissement des déchets nucléaires de la forêt de Bure, ou sur le chantier de construction d'un Center Park près de Saint-Amand-Montrond.

« L'été sera chaud dans les tee-shirts, dans les maillots, l'été sera facho », chantonne machinalement Francesca, dans une parodie identitaire du moment de la vieille chanson d'Éric Charden. Les zids, pour leur part, aujourd'hui, se sont frités avec le Black Bloc autour d'un camp de migrants installé le long du canal Saint-Martin à Paris et ont occupé le toit d'une mosquée à Lille-Sud. Francesca doit connaître du monde, là-bas. Elle se demande si elle aimerait être avec eux. Oui, sans doute, pour penser à autre chose qu'à elle-même.

— On dit que le Dingue va dissoudre l'Assemblée, dit la mère.

Elle rallume une cigarette.

— Ça ne fera jamais que la troisième fois, dit Francesca. Papa sera encore candidat, ce coup-ci ?

— Suppléant seulement. C'est Stéphane Stankowiak qui s'y colle. Ton père en discute en ce moment précis à Paris, à la commission d'investiture.

La mère désigne son smartphone sur la table basse :

— Il n'est pas content, ton père. Il m'a appelée au moins trois fois dans la journée. Il dit que c'est une connerie de mettre Stanko, que les journalistes vont fouiller et le dépecer.

Stéphane Stankowiak, dit Stanko, c'est un mythe au Bloc Patriotique et dans toute la mouvance nationaliste. Un fils de prolo de Denain, passé chez les skins avant une ascension éclair au sein du Bloc Patriotique, grâce à son amitié avec Antoine Maynard, le mari de la Patronne, Agnès Dorgelles.

Il y a aussi une légende noire de Stanko. On dit qu'il est de tous les coups pourris, qu'il dirige un groupe de choc occulte au sein du service d'ordre du Bloc. Il est resté copain avec la mouvance zid. Dans les affaires de son frère que Francesca fouille régulièrement depuis sa mort, elle a vu une photo de Nils avec Stanko, la main sur l'épaule. Malgré le costard, Stanko dégage une sauvagerie implicite, latente. En se penchant un peu attentivement, Francesca a distingué un détail : la pointe d'un tatouage en haut du front, sortant à peine des cheveux que l'ancien skin avait laissés repousser en même temps qu'il avait mis une cravate et pris la tête des Groupes de Protection du Parti, les GPP. C'était du temps du Vieux, du temps où le Bloc, comme disait son frère, n'était pas encore un parti d'invertis socialisants.

Ce n'était pas sous cette forme qu'il parlait du Bloc Patriotique, Nils, il employait plutôt des termes comme tarlouzes gauchiasses mais le narrateur est bien conscient de la sensibilité de son époque, alors il va éviter, le réalisme de son histoire dût-il en souffrir.

— Avec de la chance, il va enfin dégommer Bonneval, Stankowiak, dit Francesca. Papa sera suppléant.

— Suppléant, ce n'est jamais un rôle que j'ai imaginé pour ton père.

Francesca trouve la phrase ambiguë. Elle regarde la mère. La mère a un beau visage élégamment ridé avec des taches de rousseur qui font un contraste d'enfance. Francesca se dit qu'elle ne sait rien d'elle, ou presque. Rien d'essentiel. Elle sait que la mère s'est mise à fumer beaucoup après la mort de Nils. Que la mère lit des romans feelgood. Que la mère est une bonne nageuse. Que la mère réussit parfaitement le potjevleesch mais n'aime pas cuisiner. Que la mère a une meilleure orthographe que le père, c'est elle qui est secrétaire des réunions de la section du Bloc Patriotique de Frise. Que la mère aime les tailleurs-pantalons qu'elle portait quand elle travaillait encore au Crédit du Nord du boulevard de la Libération, un immeuble Haussmann à cariatides, qui a échappé aux bombardements de 44, vêtements qu'elle porte toujours, même maintenant qu'elle est à la retraite.

Pour le reste, Francesca ne sait rien.

Comment jouis-tu, maman ?

Et pendant un instant, Francesca, qui appelle rarement la mère maman, a peur, à cause des restes d'afghan noir, d'avoir parlé à haute voix. Mais non.

La mère a toujours eu pour elle une tendresse distante, presque professionnelle. Francesca n'en souffre pas, n'en a jamais souffert. Francesca n'a jamais aimé la compagnie des femmes.

— Enfin, le principal ce serait quand même de faire tomber Bonneval, tu as raison, dit la mère.

Francesca comprend que c'est une conclusion. Façon pour la mère de la congédier gentiment puisque Francesca ne dîne pas ici.

Francesca sort par la porte-fenêtre. Elle traverse le jardin, l'eau bleue de la piscine reflète les branches des pins. Elle hésite à prendre sa vieille Clio qui était la voiture de Nils. Mettre son nez dans l'appui-tête avant de démarrer. Six ans après, tenter de sentir encore *Habit Rouge* de Guerlain.

Elle préfère aller à pied. Ça fait cinq bornes pour aller jusqu'au Bouclier, mais la soirée s'annonce douce.

Elle traverse d'abord la Pinède, le quartier chic de Frise avec ses villas cachées entre les arbres. Bonneval a sa maison par là, aussi. Francesca, petite, faisait du vélo avec sa fille, Clémence, et d'autres enfants de la Pinède, dans les avenues calmes aux courbes douces où des berlines familiales roulent lentement sur les aiguilles de pin.

Qu'est-ce qu'elle est devenue, Clémence ? Elle n'était pas allée à la Doule mais au lycée du Septentrion, puis elle était partie faire ses études à Lille. En socio, avec les gauchos. Elle était plutôt zad que zid, Clémence, d'après ce qu'on disait.

Clémence Bonneval a posé à son père député des problèmes symétriques à ceux qu'a posés Francesca à Eusebio Crommelynck. Des gardes à vue après des manifs un peu dures. Clémence avait fait, au moment de la réforme des retraites, un petit scandale à Frise. On en avait parlé à France 3 Nord–Pas-de-Calais. Une comparution immédiate à Lille. Une amende avec sursis. Comme Francesca, mais elle, c'était à Dunkerque, quand elle avait attaqué avec les Lions des Flandres un bar antifa. Elle s'était bien amusée. Juste après un concours blanc où le sujet de philo était : « Toute conception de l'humain est-elle particulière ? »

Elle avait pensé qu'elle avait bien réussi sa dissert pendant qu'elle fracassait, avec un tonfa qui avait appartenu à Nils, le nez d'un pouilleux internationaliste à dreadlocks. Il s'était pissé dessus alors que les tables se renversaient et que le bruit des vitrines brisées couvrait les cris.

Lorsque les Lions des Flandres s'étaient repliés, Francesca Crommelynck avait absurdement traîné pour regarder l'embryon de bibliothèque du rade anar. Elle avait pris un bouquin qui s'appelait *Fascisme Fossile* d'Andréas Malm, édité à la Fabrique. Comme une conne, elle avait vu trop tard les voitures à gyrophares qui coinçaient la sortie et des Lions qui se faisaient déjà tabasser. Elle avait eu le réflexe de lâcher le tonfa avant que les flics n'entrent et ne la menottent. Elle avait glissé le Malm dans sa poche juste avant, et elle l'avait lu dans sa cellule, pendant les douze heures qu'avait duré sa garde à vue. Son père était venu la chercher. Il connaissait le commissaire. Le commissaire avait dit :

— Eusebio, la prochaine fois, je ne pourrai pas fermer les yeux. J'ai un petit lieutenant de gauche qui m'emmerde ici.

Andréas Malm était intéressant mais il se trompait. Le rêve des Lions des Flandres, ce n'était pas le monde industriel. C'était même plutôt un genre de décroissance, mais entre Blancs, comme dans la Zone identitaire à défendre de Cerson. Il ne fallait pas laisser l'écologie à des branleuses qui n'aimaient pas la viande et les mâles.

Elle arrive sur la Digue, ça glande et ça rigole en terrasse. Le pays est à feu et à sang mais ça ne va pas empêcher de profiter de cette soirée bleue, rose, orange, avec la mer qui a reflué très loin sur la plage, mauve.

Elle prend par l'avenue Spilliaert pour laisser sur sa droite le port industriel avec ses hyper structures déjà plongées dans le clair-obscur, la tour de sa capitainerie et son terminal à containeurs déjà illuminés. Tout est occupé par la CGT, là-bas.

Les larges trottoirs de l'avenue Spilliaert qui longent des magasins sont remplis comme une passeggiata italienne et les terrasses des cafés autour de l'hôtel de ville sont bondées. Les flics municipaux surveillent un cracheur de feu devant la fontaine des Déportés. Il impressionne des mômes en surpoids boulottant des cornets de frites ou de croustillons hollandais.

Francesca a le temps, elle continue tout le long de l'avenue Spilliaert sans couper par l'îlot des Mollières, le seul coin de Frise ayant échappé aux bombardements, avec son faux air de Bruges, qui lui permettrait de rejoindre plus vite le quartier du Bastion et le Bouclier.

Elle prend l'avenue du Ryveld, identique à l'avenue Spilliaert avec ses hautes façades Perret, elle longe la vitrine de la libraire Lachaume, une institution dont les Lions des Flandres explosent souvent la vitrine quand sont invités des auteurs du genre d'Andreas Malm, mais en plus connus, ou bien du personnel politique de l'oligarchie ploutocratique se piquant d'écriture. Lachaume, libraire depuis 1935, n'est pas regardant.

Ça va vite, c'est excitant, à chaque fois elle mouille. Elle sait que les garçons bandent parce que ça se voit chez ceux qui ne mettent pas, les imprudents, de coquille. Ça leur fait pareil dans le camp d'en face, la violence brute ? « Toute conception de l'humain est-elle particulière ? » Rendez-vous donné par Telegram. On arrive à 4, on met des masques de carnaval, façon James Ensor, une idée de Francesca qui a beaucoup plu au Chef, des casques, on sort les battes, on bouscule un éventuel vigile – une fois elle a reconnu un employé de Crommelynck Protection, elle lui a quand même mis un coup de batte dans la tronche, mais pas trop fort – et on asperge de peinture jaune les clients et l'invité, député centriste, avec une biographie d'Émile Loubet pondue par un nègre. Ou une militante Femen autrice de *Pegging Poetry*. On se replie, on traverse l'avenue au milieu des bagnoles qui freinent et qu'on remercie d'un coup de batte ou de docs Martens sur le capot, on se faufile dans Les Mollières, ses petites rues au bord des canaux où les flics ont du mal à manœuvrer. On se change dans un entresol ouvert de la minuscule rue Memling, étroite comme dans un conte fantastique de Jean Ray avec l'impression que les maisons à pignons au-dessus de vous, comme des dents, se rapprochent et vont vous dévorer, on se sépare, on s'évapore, on ne repasse pas au Bouclier pendant plusieurs jours, c'est tout…

Bon, maintenant, il vaut mieux espacer, et de toute manière, depuis qu'elle est en classe prépa, elle n'a plus le temps qu'elle voudrait pour les descentes militantes chez Lachaume ou ailleurs.

À la moitié de l'avenue du Ryveld, elle coupe par l'esplanade de la Poste où l'on ne trouve pas la poste mais le MUFRI, le musée de Frise qui expose Nicolas de Staël en ce moment, alors qu'à la lumière des premiers réverbères qui s'allument, de jeunes skaters font les malins sur les dalles parfois relevées dans un geste architectural sensé évoquer les vagues.

L'un d'eux tourne autour d'elle avec un petit sourire arrogant et entendu, il la frôle, il la force parfois à ralentir et finalement il lui met la main au cul. Francesca aimerait que le monde soit cohérent, que le skater soit allogène ou acnéique ou avec un appareil d'orthodontie ou les trois en même temps, ça arrive, mais non, rien de tout ça : il est beau comme peuvent l'être certains adolescents, touché par une grâce qui est injuste pour tous les autres. Il a quoi, quatre ou cinq ans de moins qu'elle, aussi grand, mince sans être maigre, des yeux de chat ou de fille, il lui rappelle Jugurtha, elle lui en veut, elle a déjà trop pensé à Jugurtha aujourd'hui.

Sans ça, elle aurait peut-être laissé passer.

Elle s'arrête pile.

Comme il avançait de nouveau vers elle, il freine, surpris, et dans le même mouvement, il récupère sa planche. Qu'il repose au sol.

— Alors, qu'est-ce que tu veux ? demande Francesca.

— Rien, je trouve que t'es bonne.

Sa vulgarité est comme un coup de pistolet dans l'harmonie de ce corps de quinze ans.

Rigolades des autres, quatre, en arrière-fond sonore.

Elle s'approche.

Elle le saisit par la nuque d'une seule main, il a un mouvement de recul mais elle serre plus fort. Elle voit la peur et la surprise, ces sœurs siamoises, qui font battre plus vite les longs cils.

Et elle l'embrasse.

À pleine bouche. Elle force l'enclos de ses dents, comme dirait Homère dans la traduction de Victor Bérard qui a pris un coup de vieux pense la petite fasciste qui, on a oublié de le préciser, a choisi la spécialité de lettres classiques dans sa khâgne de Notre-Dame-des-Douleurs.

Elle entend la huée et les rires des autres petits mecs.

Jusqu'au moment où, l'enclos des dents du garçon, elle le pète d'un coup de boule.

Le garçon pleure maintenant, la bouche en sang. Un des petits mecs avec une tête à s'appeler Mouloud, pense-t-elle, plus costaud, s'approche. Il s'apprête à parler et elle sait déjà ce qu'il va dire et le ton sur lequel il va le dire et les postures qu'il va adopter, les bras écartés, « Mais, ça se fait pas, ça, mademoiselle, wesh ! », alors elle frappe avant, avec le coude, lui casse le nez dans un joli craquement.

Et elle reprend sa marche vers l'autre bout de l'esplanade de la Poste, tranquillement. Un couple la croise, Francesca l'entend derrière elle marquer un temps d'arrêt et l'élément féminin dire : « Mais qu'est-ce qu'ils font, ces jeunes ? » et l'élément masculin : « Ils se battent, ils ne savent faire que ça, ces petits cons. Vivement le Bloc. »

Francesca arrive enfin dans le quartier du Bastion. La première chose qu'elle entend et qui l'enchante à chaque fois : le tintement métallique des drisses sur les mâts des bateaux, dans le port de plaisance. La forteresse Vauban découpe ses angles dans la nuit, à l'arrière-plan.

Francesca arrive au Bouclier qui est dans une des maisons collées ici et là au pied des redoutes.

C'est une porte épaisse, qui surjoue le médiéval, avec « Bouclier » en lettres gothiques, et en dessous, en lettres toujours gothiques mais plus petites « Association culturelle des Lions des Flandres ». Et encore en dessous, une plaque, « Interdit aux non-Blancs et aux chiens », ce qui met en rogne la mairie et le député Bonneval qui essaient par tous les moyens juridiques possibles de faire fermer le Bouclier.

Mais la maison appartient à un avocat sympathisant de Dunkerque, qui fait traîner les choses. Et comme le Chef habite là et a le sommeil léger, les tentatives de tag se sont raréfiées de manière significative. Le Chef a la cinquantaine entamée, c'est un vétéran qui a fait ses armes avec les nationaux révolutionnaires de Batskin dans les années 80 du siècle dernier. Il a participé à l'infiltration du kop de Boulogne et s'est bien amusé, plus qu'avec ses parents agriculteurs du côté de Steenvoorde.

Elle frappe et on lui ouvre, comme dans l'Évangile que Francesca a lu malgré le néo-paganisme des Crommelynck. On est toujours surpris quand on rentre dans le Bouclier. Par rapport à la façade, la pièce semble immense en longueur et en hauteur. Une grande table massive au milieu et, sur les murs de briques, d'immenses étendards multicolores de toutes les confréries et corporations médiévales des Flandres, pénitents blancs, archers, arbalétriers, barbiers, tailleurs de pierre et francs buveurs. La table sert pour les réunions et les banquets du groupe. Le bar est tenu par le Chef et deux jeunes militants payés à plein temps pour faire le service et la cuisine. Ils se débrouillent bien mais ils ne sont pas là ce soir.

— Une bière, Francesca ?

— Anosteke, s'il te plaît.

— Je t'accompagne, ma petite fasciste. Pas trop déçue par tes résultats au concours ?

— Non.

— Faut que tu redoubles, une zid à Normale Sup, ce serait bien, non ? Tu serais notre intellectuelle organique.

La petite fasciste sourit. Les ennemis du Chef le prennent pour un bourrin, ce qu'il est dans les bastons ou dans les raids avec ses potes bikers. Mais il a aussi une intelligence aiguë, et une culture qui, pour un fils de paysans, en remontrerait aux petits cons et surtout aux petites connes arrogantes qui sont avec elle en khâgne. Et ce n'est pas si fréquent au Bouclier, où traînent quand même pas mal de petits blancs mal nourris, ou trop gros ou trop maigres, racistes par rancœur sociale et non par théorie. Ils auraient pu aussi bien tomber chez les punks ou même les organisations de jeunesse du Bloc. Ils sont Lions des Flandres parce que pour une cotisation modeste, ils ont de la bière gratuite, de vieux jeux flamands, ils peuvent s'entraîner à la boxe dans la salle du fond, on ne les prend pas pour des cons comme dans les formations bidon de France Travail.

— Il n'y a pas grand monde ce soir, dit Francesca en regardant quatre Lions qui jouent aux cartes, au bout de la grande table.

— Ils sont partis foutre le bordel au stade Johnny-Rep, au Grand-Catzand. Il y a un derby Frise-Valenciennes. Comme les flics sont occupés un peu partout...

Elle voit la photo de son frère. Le Chef suit son regard. Il ne dit rien. Il était là quand Nils avait été tué. Personne ne le savait chez les Lions, sauf elle et lui.

Le corps de Nils, on l'avait retrouvé dans des dunes, comme celui de Jugurtha, à Bredene, une station des Flandres belges un peu avant Ostende.

À sa demande, parce qu'elle se doutait que c'était lié aux Lions des Flandres, le Chef, qui admire cette gamine décidée qu'il a vue devenir une militante aguerrie, et à la condition qu'elle ne parle de ça à personne, et surtout pas à ses parents, lui a raconté. Et il lui a raconté tellement de fois qu'elle voit la scène comme si elle avait été présente.

Octobre, il y a six ans. Un mois après qu'on a retrouvé Jugurtha étranglé sur la Colline, le jour, un mercredi, où elle l'attendait sur la plage en se demandant ce qu'il penserait de ses nouvelles lunettes de soleil.

Le Chef, Nils et deux autres vont jusqu'à Bredene prendre un chargement de cannabis. Ils roulent tranquillement, la nuit, dans une BMW série 1 volée dont ils ont changé les plaques. C'est une opération clandestine. Personne, sauf ceux qui sont dans la voiture, n'est au courant chez les Lions des Flandres. Ils prennent de petites routes parce qu'ils connaissent la région, qu'ils savent que l'autoroute et les voitures trop puissantes, ça attire le pandore.

La drogue, ils vont la payer avec des armes. C'est pour cela qu'il y a cinq AK-47, dix pistolets

CZ 75 et six grenades défensives dans le coffre de la petite BM. La filière slovaque du Chef.

Ils ont rendez-vous avec la Mocro, la maffia des Pays-Bas qui regroupe les parrains de la drogue. On les appelle comme ça parce qu'ils sont tous d'origine marocaine. Ils ont toute la came qu'on veut mais ils ont un mal de chien à trouver des armes parce que les flics, là-bas, ne déconnent pas avec ça. En tout cas, c'est encore plus dur qu'en France.

Le Chef connaît un certain Daoud. Il a déjà dealé avec lui. Drogue contre pognon, revente en France avec un beau bénéfice qui finance les Lions et les mouvements amis. Ça se passait à Amsterdam, d'habitude. Là, lui dit Daoud, c'est trop dangereux pour nous à Amsterdam et trop dangereux aussi pour les Lions en France. Bredene, c'est un bon compromis. À cette saison, il n'y a plus personne. Daoud envoie un plan par Telegram. Prudents, deux jours avant la date, le Chef et Nils vont rôder à Ostende et à Bredene, sentir l'atmosphère, repérer les lieux de visu.

La fameuse nuit, quand ils arrivent, Nils et un des Lions prennent chacun un sac rempli d'armes. Le groupe grimpe dans les dunes. On voit les lumières des cargos, des supertankers, des ferries qui vont à Zeebrugge ou à Rotterdam. Il pleuviote. Le Chef ouvre la marche. Il y a Nils et l'autre, au milieu, qui halète à cause du poids des sacs. Un dernier Lion ferme la file.

Le Chef va arriver au sommet de la dune, reprend son souffle et il voit une silhouette sur le côté, dans les oyats.

— Daoud ?

Pas de réponse. Le Chef comprend. Le Chef gueule :

— À terre tout le monde !

Ce qui est une manière de parler car il n'y a que du sable.

De petites détonations sèches font dans la nuit des lueurs de cigarettes qu'on allume.

Au sol, le Chef dégage son vieux Mac 50 et tire au jugé sur les ombres. Le Lion, qui portait un des sacs, lui, a carrément sorti un AK-47 et arrose au hasard. On entend des cris, un gémissement, des imprécations.

Puis plus rien.

Il faut faire vite. On est en Belgique, pas en Syrie. La Mocro a essayé de la leur faire à l'envers. Ils leur ont tiré dessus avec des petits calibres pour en récupérer des gros. On entend des sirènes.

— À la bagnole ! dit le Chef.

Tout le monde se relève.

Sauf Nils.

Un trou rond dans le front.

6,35 ou 22.

Pas de chance. Dans le gras du bide ou dans le bras, on ne sent rien ou presque. Mais dans le ciboulot, ça creuse, ça ravage, c'est fatal. Le Chef ferme les yeux de Nils. Il pleure.

Les Lions survivants remontent dans la voiture. Ils se maudissent, disent des horreurs sur les Arabes en général et les Marocains en particulier. Ils disent la fourberie sans nom et les penchants contre nature de l'engeance mahométane. Ils rivalisent dans la narration abominable. Ils exorcisent la peur et le chagrin par l'hyperbole, comme les enfants.

Le plus stupide, dans l'affaire, c'est qu'ils sont obligés de se débarrasser des armes un peu plus loin, dans la mer du Nord, parce que ça va grouiller de flics. Et ça ne manque pas, ils l'ont échappé belle, ils sont contrôlés à un barrage à Furnes, même pas vingt bornes avant Frise.

Ils ne sauront jamais s'ils ont réussi à en coucher quelques-uns dans les oyats, de ces boucaques bataves amateurs d'embuscades.

Le corps de Nils sera rapatrié un mois plus tard. On perquisitionnera le Bouclier. On ne trouvera rien. Les journaux titreront sur les liaisons dangereuses des identitaires flamands avec le milieu : quand la gendarmerie belge a exploré les dunes de Bredene autour du corps de Nils, elle a retrouvé un faux passeport et des douilles de 7,62 provenant d'un AK-47 et du 9 mm (ça, c'était le vieux Mac 50 du Chef).

Deux ans plus tard, la Mocro est tombée après avoir assassiné un magistrat. Le Chef a regardé des photos du procès. Il a reconnu Daoud, ce qui l'a rendu furieux. Puis il a vu que Daoud était en fauteuil roulant, et ça l'a un peu consolé.

Et depuis, à chaque section plénière des Lions des Flandres, autour de la longue table, sous les étendards médiévaux, quand le Chef fait l'appel, chacun répond à son tour et quand vient le nom de Nils Crommelynck, c'est quarante voix qui répondent en même temps « Présent ! ».

Maintenant, Francesca finit sa deuxième Anosteke. Il est vingt et une heures. Le smartphone du chef, sur l'acajou du bar, vibre comme vibrent ceux des joueurs de cartes et celui de Francesca.

Tous regardent la notification qui vient de tomber.

Le Dingue vient de dissoudre l'Assemblée nationale.

Pour la troisième fois en trois ans.

5.

Une semaine auparavant, un couple roule vers Fort-Mahon dans un Duster Dacia. C'est Odile Bonneval, née Declercq, qui conduit en ce radieux mardi de juin. Elle a mal au dos. Le Duster, c'est une idée de Patrick Bonneval. Il fait profil bas en général avec les signes extérieurs de richesse, et encore plus en cette période troublée. Résultat, Odile Bonneval n'a même pas pu prendre son cabriolet Mercedes CLK qui a pourtant un quart de siècle et qui est resté dans le garage de leur maison, à la Pinède.

Ils en ont pour une grosse heure et demie d'autoroute en longeant la côte.

Le député Patrick Bonneval a soixante ans et fait sa crise de la cinquantaine. C'est l'avantage de l'allongement de l'espérance de vie. Les enfants restent à la maison jusqu'à trente et les parents vivent jusqu'à cent dans des Ehpad

Odile Bonneval née Declercq, des biscuiteries Declercq, vous savez ces petits biscuits à la cannelle que l'on trouve partout quand on commande un café dans un bistrot, a l'air d'en avoir quarante alors qu'elle a deux ans de plus que son mari.

Et Odile a un amant, Patrick Bonneval en est sûr. Il hésite entre le pharmacien de l'avenue du Ryveld et un confrère à elle, à la clinique du docteur Odomez. Dans les deux cas, ces types sont des quadras, c'est flatteur. Pour elle, et dans une certaine mesure pour lui. Mais il ne la voit pas, cette mesure. Il ne voit que lui-même dans le rétroviseur latéral, un sexagénaire qui va prendre quelques jours de vacances, il ne sait pas combien de temps au juste.

L'Assemblée est bloquée, il ne sert à rien, il a passé l'âge de faire des sit-in. Un gouvernement purement technique, avec de hauts fonctionnaires que personne ne connaît, applique la politique du Dingue par ordonnances. La gauche, dont il fait partie, et le Bloc Patriotique ont encore progressé après la deuxième dissolution. Quand le gouvernement veut faire passer les rares lois qui ont besoin de l'Assemblée, il applique le 49-3 et il est renversé dans la foulée par une motion de censure. On en est à sept Premiers ministres en un an. Mais ça ne change rien, c'est juste un jeu de chaises musicales entre les hauts fonctionnaires. Celle qui était à la Défense, Louise Michel, vient de passer à Matignon, et celui qui était Premier ministre est passé à la Défense.

Le Dingue s'en fout, le Dingue est dingue.

Le pays s'effondre au ralenti dans des flambées de violence réprimées par une police choyée et très bien payée : elle est le dernier rempart entre le Dingue et la rue. Les empereurs romains, à la fin, étaient comme ça, se souvient Patrick Bonneval qui fut jadis professeur d'histoire, ils ne pouvaient plus compter que sur la garde prétorienne qui, à l'occasion, les assassinait et proclamait empereur l'un d'entre eux.

La nouvelle Première ministre, Louise Michel, était directrice générale de la police nationale, malgré son nom. On dit que c'est elle qui tient la baraque. Et, comme vient de le révéler *Le Canard enchaîné*, Louise Michel a récemment pris langue avec Agnès Dorgelles, la cheffe du Bloc, le premier groupe de l'Assemblée. Ça sent le coup d'État rampant.

Le narrateur se doit de préciser que si le pessimisme du député Patrick Bonneval, membre de la commission des Affaires sociales, est justifié, qu'il révèle sa parfaite lucidité sur les prodromes de la chute de notre République, ses soupço sur l'inconduite conjugale d'Odile Bonneval sont, eux, infondés. Ils sont les effets collatéraux, dans le domaine privé, de la paranoïa que durant trente ans de vie politique Patrick Bonneval a développée, ce qui lui a permis de survivre et de se faire réélire, certes de manière de plus en plus difficile, contre la droite jusque dans les années 2010, et contre le Bloc Patriotique depuis.

Odile et Patrick Bonneval écoutent l'album *Virgin Suicides* de Air. Enfin, surtout elle qui a un goût prononcé pour les films de Sofia Coppola. Elle se sent comme la grande sœur de ces jeunes filles mélancoliques dont le mode d'être au monde, c'est une attente poliment désespérée. Odile Bonneval ne se sent pas désespérée. Mélancolique, sans doute : elle vieillit aussi.

Elle regarde d'un bref coup d'œil Patrick Bonneval à ses côtés. Elle aime profondément cet homme. Est-ce qu'il le sait encore ?

À hauteur de Calais, ça grouille de flics. Odile Bonneval double un poids lourd lituanien puis est obligée de freiner assez brutalement : des migrants, dont une femme qui porte un bébé, tentent de traverser l'autoroute. Ça klaxonne, un hélico est au-dessus d'eux.

— Fais gaffe, dit Patrick Bonneval.

Il a toujours eu peur en voiture. Il déteste conduire. Quand il fait campagne dans sa circonscription, la 22e du Nord, c'est toujours sa suppléante qui conduit. Ou son assistant parlementaire, un jeune diplômé en droit de Sciences Po Lille, Maël Monnet. Ou elle, qui ne donne plus que quelques consultations en pédiatrie à la clinique du docteur Odomez où un jeune chirurgien flirte ouvertement.

Les migrants sont passés, de justesse. Odile soupire de soulagement et reprend le rythme de croisière.

— Tu crois que le Dingue va encore dissoudre ? demande-t-elle.

— Dans une semaine, il en aura de nouveau la possibilité. Il va vouloir redonner la main aux politiques. Il est en train de se faire croquer par Louise Michel, il s'en rend compte malgré sa dinguerie.

La dernière personne que connaît Patrick Bonneval qui ait vu le Dingue, c'est le premier secrétaire du Parti, invité pour une « consultation ». Tableau crépusculaire, angoissant, et pourtant le premier secrétaire, de la génération de Patrick Bonneval, n'est pas impressionnable. Le Dingue ne vit plus que dans le Salon Doré, son bureau. Il y a un lit de camp. Il ne voit plus sa bonne femme. Un garde du corps armé est avec lui, en permanence, et ce n'est pas un des flics du GSPR. Le patron du GSPR, un haut gradé de la gendarmerie, est furieux. Le Dingue ne parle plus. Le Dingue se bourre de médocs. Le secrétaire général de l'Élysée fait comme si de rien n'était. Le Dingue se tient à peu près quand c'est conseil des ministres. Pour le reste, il traîne, pas lavé, pas rasé, il pue, même. Ça sent le fauve dans le Salon Doré. Ou la chambrée d'appelés au petit matin, quand il y avait encore des appelés. Dixit le patron du GSPR.

— Et alors, tu vas te représenter ? lui demande Odile Bonneval.

C'est cela un couple, pense Patrick Bonneval, avec un soudain soulagement. Il n'en a parlé à personne, de sa lassitude. Ni au Parti, ni au groupe parlementaire, ni à ses collaborateurs, ni à la maire de Frise, une amie, ni à la majorité municipale. Et pas non plus à Odile.

Et pourtant elle seule l'a senti, ou pressenti, comme on voudra. Elle a l'avantage de l'intimité. Trente-cinq ans de mariage. Quand même. Elle se réveille quand il ne dort plus, elle se réveille même avant qu'il ne sache, lui, qu'il est réveillé. Alors que sa force, plus jeune, c'était un sommeil de bébé. Bon, ça fait quelques années qu'il a ce qu'il appelle des coupures publicitaires dans ses nuits, pour aller pisser une ou deux fois, prostate oblige. Sinon, c'est un beau dormeur. À tous les sens du terme. Odile aime le regarder dormir depuis le début de leur histoire. Sa ressemblance avec Harrison Ford n'avait pas trompé leur fils Pierre. Ado, Pierre caricaturait gentiment son père avec le chapeau et le fouet. Maintenant Pierre a trente ans, nom de dieu, il est dessinateur de presse.

— Je ne sais pas, dit Patrick Bonneval, je n'ai pas envie, je suis fatigué. Place aux jeunes.

Odile Bonneval laisse venir mais rien ne vient.

Patrick Bonneval regarde ses notifications sur son smartphone. Patrick Bonneval a envie d'expliquer, pourtant. Ça se voit, parce que les notifications du smartphone, il ne les regarde pas vraiment, en fait.

Il scrolle.

Il a l'impression d'avoir scrollé toute son existence aussi. Ce n'est pas seulement la situation politique du moment, ce n'est pas la chute de notre République qu'il pressent et le monde d'après qui sera encore moins drôle que le présent qui le préoccupe. Il mêle cette clairvoyance politique, assez lâche car il n'en tire aucune conclusion pratique, à une détresse intime dont on se gardera bien, et l'on espère que le lecteur fera de même, de juger le bien-fondé.

Autant on pourrait critiquer l'homme public, autant l'homme privé incite à un examen plus nuancé.

Alors que la playlist d'Odile Bonneval laisse place, après l'album coppolien de Air, à *Curtains* de Tindersticks, sorti en 1997, l'année de la première élection de Bonneval à l'Assemblée nationale, que distingue-t-on dans les pensées de notre député ?

Nous regarderons ici séparément ce qui est entremêlé, comme le recommande Descartes dans son *Discours de la méthode* : « Diviser chacune des difficultés afin de mieux les examiner et les résoudre. »

Patrick Bonneval ressent de l'étouffement, d'abord, à chaque fois qu'il rentre chez lui, depuis quelques mois. Il n'aime plus sa maison. Ses soixante ans lui ont mis un coup. Il habite à la Pinède depuis 96, il avait trente et un ans et il se souvient, lors de l'emménagement, s'être retrouvé seul à un moment dans la grande villa, achetée pour l'essentiel avec l'argent de la belle-famille biscuitière, au milieu des meubles encore mal placés, des cartons. Il s'était assis sur un fauteuil Voltaire au milieu du chaos immobile et il avait vu soudain le demi-siècle à venir, en se disant que ce serait une ligne droite jusqu'à sa mort, sans surprise aucune. Et c'est bien ce qui a eu lieu, malgré la politique qui, dans une démocratie, offre assez peu de grands moments, surtout quand on a compris que dans le meilleur des cas, on ne serait qu'un personnage secondaire.

Il trouve tout trop encombré de tout. Il pense que c'est lié à l'idée de la mort. L'accumulation l'angoisse parce qu'il est bien conscient que c'est une espèce de rempart dérisoire contre la fin. Ces livres qu'il achète, qu'il empile. C'est un raisonnement magique : tant qu'il a des livres à lire, il vivra. Or c'est tout le contraire qui se produit : il mesure plus facilement la proximité de la vieillesse et de la mort, du temps qui reste. Alors, il rêve de deux ou trois pièces blanches avec terrasse et vue sur la mer, dans un autre pays au ciel bleu éternel et très peu de choses à l'intérieur. Une austérité qui serait un luxe. Quand ça arrive, quelques semaines ou quelques jours dans l'année, il sent quelque chose qui se dénoue en lui. Il voudrait ne jamais revenir.

Qu'est-ce qui le retient de le faire ? Rien ne lui manque. Les enfants ont leur vie, au loin. Pierre qui vient de le faire grand-père, Clémence dans sa communauté autogérée de Gentioux et qui vient d'être fichée S, comme l'a prévenu officieusement et amicalement le préfet du Limousin, un ancien camarade de prépa. La destinée de la France ? La France, elle l'a bien laissé tomber. À voter Bloc Patriotique ou à s'enticher du Dingue avant de le haïr.

Il vivrait pieds nus, il ne communiquerait plus avec personne, il fermerait ses comptes X, Insta, TikTok. Il en a parlé à Odile qui a haussé les épaules comme pour un gamin qui fait un caprice : « Tu feras ça tout seul, chéri. Une plage portugaise ou une île grecque en novembre, ce sera sans moi, on ne verrait que des retraités. »

Ensuite, et c'est une des causes du malaise précédent, notre député ne supporte plus, ou de plus en plus mal, le mauvais temps. Malgré le réchauffement climatique, vivre dans les Flandres, c'est tout de même, le plus souvent, vivre dans le gris, entrer dans des pièces humides, monter le chauffage, allumer la lumière à trois heures de l'après-midi. Il a été longtemps indifférent au mauvais temps, et puis cela a commencé à jouer démesurément sur son moral, au point de prendre des anxiolytiques et maintenant il a l'impression que ce spleen météorologique a affecté sa force de travail et sa libido aussi. Et pourtant, Odile est toujours aussi désirable, ils font encore l'amour, mais lui a perdu quelque chose en route. Pas le plaisir, mais ce qui accompagnait le plaisir, et qui était aussi du plaisir, plus grand peut-être et en tout cas plus durable que l'orgasme : le temps aboli, le sexe comme machine à remonter le temps. À chaque fois, avec sa femme, avant, c'était comme la première fois. Ce n'est plus vraiment le cas depuis qu'il a commencé sa crise.

Il voudrait, mais c'est de moins en moins le cas, retrouver le corps d'Odile derrière le corps d'Odile. L'Odile de leur rencontre le 15 octobre 1990, alors qu'il enseignait au collège de ZEP Valentina-Terechkova des Rouges-Barres et que le soir, il allait faire de l'aide aux devoirs à la médiathèque Roger-Vailland. Il avait beau être le fils du député Michel Bonneval, il avait beau être agrégé d'histoire, il avait demandé ce poste, dans sa ville. Il n'avait encore aucune arrière-pensée politique, juste le feu sacré, c'était la maladie de son père qui l'avait mis devant le fait accompli en 97, au moment, déjà, d'une dissolution.

La médiathèque Roger-Vailland faisait partie de l'Agora des Rouges-Barres, un ensemble d'équipements socioculturels. La municipalité socialiste – et le député-maire de Frise Michel Bonneval – avait édifié l'Agora au début des années 80. On y trouvait un dispensaire de quartier. Patrick Bonneval revoit cette fin d'après-midi dorée d'octobre 90, avec l'immensité de la mer du Nord qui scintillait, en ressortant de la médiathèque entouré de gamins multicolores. Le parking, la jeune femme blonde, grande, qui était penchée sur le capot ouvert d'une Austin Mini vert bouteille.

Il regretta de ne rien y connaître en mécanique lorsque la jeune femme releva son visage, du soleil dans les cheveux, un peu de noir sur les mains.

Elle eut l'air plus amusée que dépitée quand il lui fit part de son incompétence. Elle était pédiatre, elle donnait des consultations bénévoles au dispensaire pour les gamins des Rouges-Barres. Elle s'appelait Declercq, Odile, oui comme les biscuits ; lui Bonneval, Patrick, oui, comme le maire. Ils rirent. Il se passait quelque chose sans qu'ils s'en rendissent compte.

Sinon, comment expliquer qu'Odile acceptât qu'il la redescende dans le centre-ville pour aller chez un garagiste plutôt que d'appeler le même garagiste depuis le dispensaire ou la médiathèque. Le garage de la rue Inkermann était fermé. Il aurait fallu aller jusqu'au Grand-Catzand, la circulation serait impossible, autant profiter de la douceur de l'été indien.

Ce n'était pas très grave, Odile habitait dans les Mollières et elle pourrait se rendre à la clinique Odomez à pied le lendemain. Elle récupérerait la Mini plus tard. Ah vous habitez dans les Mollières, moi aussi, dit Patrick alors qu'ils s'installaient à une terrasse sur la Digue, et ils rirent de la coïncidence pour masquer leur trouble qui devenait, cette fois-ci, palpable puisqu'ils évitaient de croiser leurs regards, Odile fixant le fermoir doré du cartable de Patrick qui, lui-même, restait fasciné par la mèche blonde, bouclée, qui retombait du chignon sur la joue bronzée d'Odile.

À vrai dire, sociologiquement, ce n'était pas une coïncidence. Les Mollières étaient l'équivalent du quartier bobo de Frise, où se mêlaient encore les dernières familles de pêcheurs, les travailleurs immigrés et les jeunes bourgeois célibataires ou récemment en couple qui recherchaient du pittoresque. Cette mixité sociale était reflétée par le marché de la place Haagdoorn, où les étals de primeurs et de kippers voisinaient avec des bouquinistes et des brocanteurs dans une odeur de friture et de sel.

Ils auraient pu se croiser mais non, il avait fallu que ce soit aux Rouges-Barres, rirent-ils encore niaisement en vérifiant réciproquement et discrètement qu'ils ne portaient pas d'alliance, parce que tout de même, il avait vingt-six et elle vingt-huit. Les confidences vinrent vite, il faisait nuit soudain. Oui, l'un comme l'autre avait l'impression de devoir quelque chose en remerciement de l'enfance privilégiée qu'ils avaient eue, elle qui avait fait sa scolarité en internat à La Doule avant de rentrer dans le manoir familial de Ketel, à dix kilomètres de Frise, près des Monts, et lui dans la maison bourgeoise et son jardin de curé de l'avenue Bloem qu'il quittait tous les matins pour aller au lycée du Septentrion. Ils dînèrent, ils allèrent chez elle, ils baisèrent. Fantastiquement bien. Un des motifs qui fit chanter la vie de Patrick Bonneval, dans les trente-cinq ans qui allaient s'écouler ensuite, ce fut cette première fois, l'odeur de la peau nue d'Odile, fraîche après la pluie qui les avait surpris entre le parking et l'appartement d'Odile, l'odeur de ses cheveux mouillés, aussi.

Mais voilà qu'ils arrivent à Fort-Mahon, devant la maison achetée par le père de Bonneval, rue des Dunes, et que tout va se compliquer, pense Bonneval, puisqu'une femme d'un certain âge, quatre-vingts ans au moins, avec une canne assumée, vêtue élégamment, attend sans impatience devant la maison où est garée une voiture noire aux vitres fumées dans laquelle, Bonneval le sait déjà, se trouve un officier de sécurité ou, au moins, un garde du corps.

Cette femme est un des trois seuls numéros de téléphones auxquels son assistant parlementaire,

Maël Monnet, est autorisé à répondre. Elle a sans doute déjà deviné que si elle l'appelait personnellement, il ne répondrait pas.

Elle sait tout avant tout le monde, la Tarentule.

6.

« Voilà ce qui va se passer, Bonneval, tu seras Premier ministre en septembre au plus tard. Tu es le dernier recours pour sauver la République. Ne souris pas, Bonneval. Et ne m'emmerde pas avec tes vapeurs de sexa angoissé. »

La Tarentule, qui lui parle si familièrement, a un nom qui est connu désormais des journalistes et, déjà, des historiens s'intéressant à la chute de notre République. On ne voit pas l'utilité de le donner, le lecteur le trouvera aisément.

La Tarentule, assise dans un fauteuil club avachi, la canne reposant sur la table basse en rotin balnéaire, parle calmement devant le verre de Bushmills Malt que lui a servi Bonneval après qu'Odile a dit :

— Il vaut mieux que je vous laisse.

Odile Bonneval est partie se promener vers Quend-Plage où il y a ce bouquiniste étonnamment achalandé au bout de la rue principale, avant que ne commence la forêt de pins.

Bonneval écoute parce que la Tarentule est un génie de la politique. La Tarentule œuvre depuis un demi-siècle, au service d'une certaine idée de la France. Elle connaît tout le personnel politique et médiatique, elle est Grande Maîtresse d'une loge maçonnique féminine, elle finance des think tanks et c'est plus ou moins elle qui a choisi ceux qui ont occupé le devant de la scène quand ils appartenaient à la gauche. Elle est impitoyable et incorruptible, sincère et machiavélique. Elle a fait et défait les réputations, et elle ne veut pas finir sa vie sur sa plus lourde erreur, avoir fait sortir du lot au milieu des années 2000, dans une « Commission de modernisation sociale et solidaire de la France », composée d'une trentaine d'économistes, de philosophes, de patrons et de syndicalistes, la figure du Dingue. C'était alors un jeune énarque vaguement socialiste. Il avait rédigé le rapport, qui avait fait grand bruit à l'époque.

« Tu vas devenir un homme d'État malgré toi, Bonneval. Ce sont les meilleurs. Regarde de Gaulle. Tu vas assurer le gouvernement de la France par gros temps, jusqu'à la présidentielle. Le Dingue va dissoudre, encore une fois, tu le sais déjà. Mon institut de sondage, qui ne s'est pas trompé les deux dernières fois, je te le rappelle, donne une chambre avec la gauche à 260 sièges. Et trente députés du camp présidentiel prêts à la rejoindre. On les a travaillés un par un. On a aussi convaincu les chefs de partis. Tout le monde s'accorderait sur ton nom, tout de suite après l'élection, histoire de ne pas recommencer les conneries de la dernière fois qui nous ont amenés là où on en est, entre un gouvernement d'extrême droite qui ne dit pas son nom et maintenant la dictature des technos. Il n'y a que le patron des Insurgés, Machecourt, qui s'obstine mais il n'est plus vraiment écouté. Les Insurgés sont en train de payer leur intransigeance. Les choses n'ont jamais été aussi dures pour leur électorat qui se rend compte qu'à force de pureté les Insurgés ont les mains blanches mais ils n'ont plus de mains. Après le second tour, à vingt heures, le Dingue aura ton nom sur sa table. Il jouera la montre tout l'été mais à la rentrée, le secrétaire général de l'Élysée, qui est un peu moins dingue que lui, le convaincra en lui parlant de sa trace dans l'Histoire, du risque de partir dans un climat de haine qui pourrait même être dangereux pour lui. Il fera ce qu'on lui dit de faire, enfin ce que le secrétaire général de l'Élysée lui dira. Quoi, Bonneval, tu n'es pas sûr de gagner ta circo ? Ce sera juste, mais ça passera. Le Bloc croit malin d'avoir mis Stanko contre toi. On va lui pourrir sa campagne. Ce facho a plus de casseroles au cul que de boîtes de conserve à l'arrière d'une voiture de jeunes mariés. Ne t'inquiète pas. Alors, ne prends pas de vacances, et arrête avec cette gueule de chien battu. J'ai tout prévu, je te dis. Reverse-moi un verre, tiens, avant que j'y aille et que je te laisse roucouler avec Odile. »

Quand Odile Bonneval rentre, elle voit son mari, ses beaux yeux gris dans le vague. Elle lui proposerait bien d'aller se baigner mais bon, quand il est dans cet état-là, ce n'est pas la peine. Elle se fait un thé, va dans la véranda qui donne sur une dune et ouvre au hasard l'épais Folio jauni qu'elle a trouvé pour trois euros chez le bouquiniste de Quend-Plage : « Parlons de hamacs et de miel... Quatre-vingts ans plus tard, il se rappelait encore avec la fraîcheur poignante de la première joie comment il était tombé amoureux d'Ada. »

Odile Bonneval, sans trop savoir pourquoi, a comme une envie de pleurer. Elle se sent incroyablement vulnérable. La bonne littérature fait souvent ça.

7.

— La Tarentule fait chier, Louise.

— Je sais.

— Elle intrigue.

— Je sais.

— Elle est douée.

— Je sais.

— Elle a bourré le mou à trois ou quatre socialistes susceptibles de devenir Premier ministre après la dissolution. Regarde les noms.

— Hélène Fourniaud, Guy Chambelland, Patrick Bonneval, c'est qui ça ? Des troisièmes couteaux ? La distribution d'un épisode de *Plus belle la vie* ?

— Ne rigole pas trop, Louise. Tu veux le pouvoir, mais primo, tu n'empêcheras pas le Dingue de dissoudre. Il lui suffit de deux coups de téléphone et il va les passer, tu le sais. Et secundo, tes troisièmes couteaux sont des élus locaux bien implantés, honnêtes, et qui n'ont jamais été des partisans de l'alliance avec les Insurgés dans l'Union Populaire. La Fourniaud a même été secrétaire d'État aux personnes âgées au début du quinquennat Hollande. Si les sondages de l'Institut de la Tarentule, qui se trompe rarement, sont bons, ça peut marcher et là, ce sera beaucoup plus compliqué pour nous. Tu as bien enfumé Agnès Dorgelles et le Bloc, mais eux, ils sont moins manipulables. L'avantage de Dorgelles, c'est qu'elle t'appuiera quand tu feras bouger tes flics et l'armée pour empêcher le bordel, et elle t'obéira d'autant plus que tu lui as promis de remettre le pouvoir au Bloc au bout de quelques semaines.

— Ils sont assez cons pour le croire...

— Tu sais, ce sont des gens qui n'ont jamais imaginé être doublés sur l'extrême droite.

— Il faut remettre le bordel à gauche, alors ?

— C'est ça, et vite, parce que la Tarentule est en train de réussir son coup.

— Tu me conseilles quoi ?

— Je ne conseille rien à la Première ministre de la France. Je lui dis juste qu'il faut régler le problème et que je peux m'en charger.

— Eh bien vas-y, mais ne déconne pas. Quand je pense que tout le monde nous accuse d'être des techniciens froids qui ne font pas de politique...

8.

Alors, un soir de la semaine suivante, il se passe plusieurs choses. Elles jouent chacune un rôle important dans l'affaire Bonneval et, par ricochet, dans la chute de notre République.

La première, c'est en milieu d'après-midi. Le Dingue dans le Salon Doré prend un cachet de clozapine, puis un autre. Il passe dans ses appartements privés. Le secrétaire général de l'Élysée est prévenu par le garde du corps : le Dingue est sorti de sa léthargie, il est euphorique, il sifflote un air de Charles Trenet.

— Trenet, vous êtes certain ? demande le secrétaire général de l'Élysée.

— Oui, *La Folle Complainte*, je crois.

— Il va dissoudre.

— C'est ce que je me suis dit aussi, monsieur.

Dans le Salon Doré, un huissier vient aérer.

Ce n'est pas du luxe. Une domesticité efficace change les draps du lit de camp. Ce n'est pas du luxe non plus.

Quand le Président revient, il a l'air presque normal. Il est propre, vêtu d'un de ces costumes fités bleu marine à revers étroit qui furent la tenue habituelle des fidèles du Dingue et que la marque décrit ainsi : « Costume en super 110 VBC, 2 poches, 2 fentes, doublure ton sur ton, poids de laine toute saison. Cette couleur conviendra à toutes les occasions, des plus formelles aux plus festives. »

Le Dingue réunit, outre le secrétaire général, les deux derniers conseillers à qui il fait confiance. Ce petit monde soupire de soulagement. Ils n'ont plus la main sur rien à cause de Louise Michel. La dernière chose que le Président peut faire, c'est dissoudre. Sinon, on a beau lui cacher, mais il est devenu le roi d'Angleterre, l'amour du peuple en moins.

La dissolution est actée.

Le Dingue téléphone au président du Sénat. Le président du Sénat pèche en Sologne, devant un étang près de Jouy-le-Potier. Il se sert régulièrement des verres de châteaumeillant. Le président du Sénat dit d'accord monsieur le Président, en fait il s'en fout, il vient de ferrer une bête mahousse, aurait dit Jacques

Perret, un brochet qu'il épie depuis des années.

Le Dingue téléphone ensuite à la présidente de l'Assemblée nationale. Elle n'est pas à l'hôtel de Lassay mais en week-end prolongé dans la maison familiale de Pontaillac, pas loin de Royan. Elle prépare une de ses spécialités, un portokalopita, ce gâteau à l'orange grec avec de l'huile d'olive, en hommage à ses lointaines origines. Elle est aidée par sa petite dernière qui a douze ans et qui vit encore au nid. La présidente de l'Assemblée nationale entend le smartphone bourdonner sur le plan de travail. Elle voit PR inscrit sur l'écran. Elle s'essuie les mains, elle a un peu de sucre vanillé sur le bout de son nez mutin, elle décroche, elle dit : « Te fatigue pas, connard ! » Sa fille sursaute. Maman ne dit jamais de gros mots.

— À qui tu parlais ?

— À mes illusions perdues.

La deuxième chose qui se passe ce soir-là, c'est à Frise, à la Pinède. Patrick Bonneval rentre d'une réunion à la sous-préfecture avec, notamment, la maire de la ville, le sous-préfet, la commissaire qui dirige la police nationale sur le district de Frise. La réunion avait pour objet la sécurité à Frise. Le sous-préfet et la commissaire de police ont dit que tout était prévu pour le derby Frise-Valenciennes. La commissaire a précisé qu'elle craignait une infiltration des supporters par les Lions des Flandres. Le sous-préfet a demandé pourquoi la commissaire n'avait pas procédé à des gardes à vue préventives, elle en a les moyens juridiques avec les nouvelles mesures antiterroristes prises par le gouvernement de Louise Michel.

— Monsieur le sous-préfet, parce que je suis à poil.

Il y a eu la vision, brève, qui est passée dans la salle de réunion, de la commissaire nue. C'était incongru et délicieux. Sans se rendre compte de l'émoi discret qu'elle a provoqué chez le sous-préfet et Patrick Bonneval, elle continue. Comme partout dans le pays, elle n'a plus assez d'effectifs pour faire face au boxon. Il faut surveiller le port industriel qui est occupé, le quartier des Rouges-Barres et les cités de la Fosse-au-Chêne qui sont en état d'insurrection larvée, les agriculteurs rejoints par les routiers qui bloquent régulièrement les autoroutes vers Lille ou vers Dunkerque avec des barrages qu'il faut faire lever dans une odeur de lisier et de gaz lacrymogène.

Elle a l'air épuisée, la commissaire, comme le sont ses flics qu'elle a de plus en plus de mal à tenir. Contrairement à d'autres endroits en France, il n'y a pas eu encore de bavure à Frise. Ça tient du miracle. Madame la maire confirme. La police municipale est également débordée. Bonneval, qui est aussi premier adjoint, sait qu'elle est tout aussi angoissée que la commissaire, la maire de Frise.

— Tu ne m'as pas fait un cadeau avec la mairie, tu sais, Patrick, a-t-elle d'ailleurs dit, avec un sourire triste, en sortant de la sous-préfecture, un vilain bâtiment décati dans la cité administrative, au bout du long boulevard de la Libération.

Dans le Duster, sur France Info, Patrick Bonneval a entendu le Dingue dissoudre. Bon. Est-ce qu'il allait se représenter ? Ne pas y aller, c'était laisser la circo au Bloc. Ses petites antennes en ville lui disaient que ce ne serait pas Eusebio Crommelynck qui s'y collerait ce coup-ci. On parlait de Stéphane Stankowiak, un chti pur jus, chef de la sécurité du Bloc Patriotique. Un ultradroitard assagi mais qui avait gardé des méthodes musclées.

La dernière fois, il y avait un an, sur 32 843 inscrits et 28 867 exprimés, contre Eusebio Crommelynck, Patrick Bonneval n'était passé que de 125 voix. Le chiffre lui était resté dans la tête.

Ce coup-ci, avec un Stanko qui allait doper le Bloc Patriotique local, ce serait encore plus dur. Ou plus humiliant: la campagne ne serait même pas difficile pour Stanko. Comme tant de candidats du Bloc, il se contenterait de quelques apparitions sur les marchés. Sa gueule et celle de la patronne du Bloc sur les affiches et les professions de foi feraient le reste: Frise était mûre, prête à tomber. La chute de Frise. Bon titre, pense Bonneval qui comme un député ou un prof sur deux aurait préféré être écrivain, au fond.

Il se gare devant sa villa de la Pinède. Il voit le cabriolet CLK de sa femme le long du trottoir. Il râle. Odile aurait pu le rentrer dans le garage, ce n'est pas le moment de faire de la provoc. Ça coûte 125 voix facile, ce genre de chose. Il découvre une autre voiture garée devant le cabriolet, une Renault Captur un peu déglinguée et il dit: « Merde, qu'est-ce que c'est encore ? »

Mais Bonneval le sait déjà.

C'est Lounès Aït-Ahmed.

Il le trouve sur la terrasse, assis en face d'Odile, ils boivent un Coca. Lounès fait partie de la majorité municipale avec cinq autres conseillers communistes. Bonneval connaît Lounès depuis l'enfance. Il a toujours entretenu de bons rapports avec le docker. Lounès Aït-Ahmed est toujours parti avec lui lors des élections municipales. Il s'est toujours aussi présenté contre lui au premier tour des législatives avant de se désister sans hésiter au second. Sauf depuis les dernières présidentielles et lors des deux précédentes dissolutions, quand l'Union Populaire a investi des candidats uniques pour sauver les meubles et que Bonneval s'est retrouvé seul à gauche. On fera peut-être mieux que de sauver les meubles, en plus, ce coup-ci, si l'on en croit la Tarentule.

Lounès se lève à son arrivée.

Le docker a les cheveux blancs qui contrastent avec un visage encore jeune. Ils ont blanchi en quelques jours, après la mort de son petit dernier, Jugurtha, qui avait quatorze ans. C'était il y a six ans. Le môme a été retrouvé étranglé sur la Colline, alors qu'il allait à la plage. Les deux hommes s'étaient étreints longuement dans la petite maison des Rouges-Barres, au milieu des pleurs des femmes. Patrick Bonneval ne se souvenait plus de ce qu'il avait dit, mais il avait dû trouver les mots parce que Lounès l'avait serré plus fort alors que Bonneval tentait d'imaginer l'horreur que cela aurait représentée si c'était arrivé à Clémence, qui avait le même âge.

Lounès, ce soir, alors qu'un soleil rouge toute la Pinède, a l'air emmerdé.

— Tu as vu ? Le Dingue a dissous, dit Bonneval.

— Justement, dit Lounès, c'est pour ça que je voulais te voir, Patrick.

Bonneval lui fait signe de se rasseoir. Lounès décline et dit :

— C'est arrivé plus tôt que prévu, cette dissolution. Enfin, j'aurais voulu te prévenir avant que d'autres ne le fassent.

— De quoi ?

— Je suis investi par l'Union Populaire comme candidat unique dans la 22e.

Bonneval encaisse.

Il cherche les yeux d'Odile, il ne les trouve pas, elle a des lunettes noires. Elle hausse brièvement les épaules en signe d'incompréhension. Ou d'indifférence.

— Et je dois me retirer, donc ?

— C'est ça, dit Lounès Aït-Ahmed.

Lounès n'a pas l'air réjoui mais pas désolé non plus. Bonneval rit nerveusement. Il n'est pas si surpris que ça. Il n'a jamais été un fan de l'Union Populaire, enfin plus exactement de Machecourt, le chef des Insurgés. Trop agité du bocal. Trop sectaire. Trop tout. Bonneval est comme était son père : un flegmatique, un homme du Nord, social-démocrate dans l'âme, mais comme on l'était dans les années 60-70 du siècle dernier, en Scandinavie. Machecourt a mis son veto à sa candidature. Et les camarades du PS ne l'ont pas défendu. La moitié des députés du groupe sont élus parce que Machecourt ne met personne en face. Ça devait arriver. Mais c'est très con. La circo est perdue. Eusebio Crommelynck, ou Stankowiak si ce qu'on dit se vérifie, peut passer au premier tour.

— Tu vas te présenter quand même, Patrick ? demande Lounès

— Je ne sais pas.

— Si tu te présentes, on perd tous les deux.

— Non, c'est si *toi*, tu te présentes…

— Je vais te laisser, je retourne sur le piquet de grève du port.

— Je te raccompagne, Lounès.

Devant la vieille Captur, les deux hommes se regardent. Il fait encore très chaud. Dans leurs yeux passent les années de combat commun, la tragédie de la mort de Jugurtha, les fêtes sur la place de l'Hôtel-de-Ville, les soirs de carnaval, au milieu des fanfares et des géants Lisa et Wouters, le couple de pêcheurs emblématiques de la cité, des Gilles de Binche et des Blancs-Moussis avec leur grand bec qui faisaient hurler de peur les enfants venant se nicher dans les bras de leurs pères respectifs, des bières et des harengs fumés partagés sous la pluie de février.

Ils se serrent la main, un peu plus fort que d'habitude, comme pour un adieu.

Patrick regarde la Captur de Lounès disparaître entre les pins. Il a un autre petit rire nerveux. Et la Tarentule qui le voyait Premier ministre.

Elle a perdu la main, la vieille.

Justement, et c'est encore une des choses qui vont se passer ce soir. Celle qui aura peut-être symbolisé le plus la chute de notre République : parlons un instant, et pour la dernière fois, de la Tarentule. La machiavélique octogénaire n'est pas contente. Elle aussi a le sentiment d'avoir perdu la main.

Elle se promène boulevard Saint-Germain dans le crépuscule doré de ce printemps trop moite. Cette solide Bretonne, appuyée sur sa canne, a toujours trouvé qu'il faisait plus moite à Paris qu'ailleurs. Et, dans cette période troublée, il fait plus calme, aussi, au moins dans les arrondissements centraux. Louise Michel et son ministre de l'Intérieur, qui est en fait son ancien adjoint à la tête de la police nationale, les ont transformés en cité interdite, parce que cette nuit, tous les renseignements qui remontent disent que ça [illegible]ier. Passez-lui l'expression, à la Tarentule.

D'ailleurs, un cortège de véhicules flicardiers remonte le boulevard sirènes hurlantes. Même dans les banlieues, on connaît le mot dissolution, maintenant, et on a compris que ça veut dire que tout en haut, ça vacille... On en profite. Elle ferait pareil à leur place, la Tarentule. Elle et tous les autres ont échoué. La France est ce pays riche plein de pauvres.

La Tarentule appelle le premier secrétaire du Parti socialiste, tout en regardant la vitrine d'une librairie au 174, elle habite au-dessus, au troisième, deux cents mètres carrés, un appartement de réception, et dieu sait qu'elle en a donné des réceptions. Un autre cortège à gyrophares lui déchire les oreilles mais elle entend quand même la voix presque craintive du premier secrétaire. Il décroche encore, cet ectoplasme ex-strauss-kahnien qui a vu ses espoirs d'être ministre s'envoler il y a quinze ans, à cause d'une bite à l'air dans un Sofitel de Manhattan.

— Qu'est-ce que tu as encore trafiqué, couille molle ? attaque-t-elle d'emblée

— Je...

— Tu ne veux vraiment pas retrouver le pouvoir, ducon ? Tu trouves malin de laisser investir trois candidats de l'Union Populaire face aux trois seuls socialistes sortants qui ont une chance d'être Premiers ministres, Fourniaud, Chambelland, Bonneval ? Tu le fais exprès ?

— Mais...

— Mais quoi ? Tu as encore craqué devant Machecourt ?

— Mais...

— Tu sais ce qui va se passer ? Tu vas te retrouver, même avec 260 députés de l'UP, face à une chambre ingouvernable. Je t'ai dit que ces trois-là étaient les seuls qui pouvaient réussir la synthèse avec les anciens soutiens du Dingue et une partie des Insurgés. Tu cèdes à Machecourt alors qu'il n'a jamais été aussi faible. Bordel à queue !

— Justement, Machecourt aussi a compris ta manip.

— Ce n'est pas une manip, trou du cul, c'est la construction d'une majorité.

— Mais arrête de m'insulter, couine le premier secrétaire de l'ancien parti de gouvernement.

— Tu ne vas pas te mettre à pleurer, pédale !

Outre le caractère homophobe de l'insulte proférée par la Tarentule, le narrateur tient à signaler son caractère de contre-vérité : le premier secrétaire du Parti socialiste des derniers temps de notre République était un hétérosexuel, certes peu imaginatif, mais un hétérosexuel.

— Écoute-moi, crevure. Chambelland, il est

tellement bien installé dans sa circo des Landes qu'il n'a rien à craindre de l'UP, mais un seul bonhomme premier ministrable, ce n'est pas assez. Demande, avec tes yeux de cocker, à Hélène Fourniaud et à Bonneval de se maintenir, je vais aussi essayer d'arranger le coup avec eux. On ne sera pas trop de deux. Hélène le fera sans doute, mais Bonneval, je l'ai senti mou du genou, désabusé, la tête ailleurs. La soixantaine fait ça souvent aux hommes.

— Ils ne m'écoutent plus, personne ne m'écoute plus.

— Ta gueule, enflure. C'est de ta faute, tu es une nullité. On t'a mis là parce que t'as le cul propre et que tu n'as pas d'ambition. Mais tu es vraiment un bec à foin. Je vais appeler Machecourt. Voilà ce que je vais faire.

— Il te déteste, Tarentule.

— Moi aussi, je le déteste, Machecourt. Et alors, depuis quand, en politique, se détester empêche de se comprendre ? Imbécile.

Elle coupe la communication.

Elle a chaud, elle a un coup de barre.

Elle se dit que c'est foutu, la gauche, la République, la France. Convaincre Machecourt. Merde, il a été au Parti, avant. Il est assez intelligent, lui, contrairement à l'autre brêle de Premier secrétaire. Machecourt doit comprendre ce que maquille Louise Michel avec le Bloc. Le convaincre de mettre sa rancœur au placard : elle estime ses chances à 50-50 avec ce caractériel intelligent, les pires…

Mais elle ne va pas faire ça dehors. Elle va remonter chez elle. Elle va s'ouvrir une bière et mettre la clim au max : à son âge, s'hydrater est important. Elle pousse la lourde porte de son immeuble après avoir fait le code, elle a un mal de chien, puis ça lui semble plus facile. Un grand jeune homme, trentenaire, avec des lunettes dorées, a poussé aussi, au-dessus de sa vieille silhouette voûtée.

— Merci, monsieur.

Il a un de ces sourires courtois, entendus, avec une pointe de malice qu'on ne trouve plus que chez les gens civilisés des arrondissements centraux protégés par quelques milliers d'argousins de la nuit bien pourrie qui s'annonce. Elle le voit s'engouffrer par la porte vitrée sur la gauche du porche qui est aussi la sienne.

Le jeune homme aux lunettes dorées, quand elle arrive dans le hall, n'est plus là. Il a eu la gentillesse de monter à pied et de lui laisser l'ascenseur. Arrivée à son étage, elle ouvre la cage étroite. Le jeune homme aux lunettes dorées qui a de nombreux noms, comme le diable, s'appelle aujourd'hui Charles Delescluze mais parfois c'est Victor Serge, et il a l'air de l'attendre. Son sourire est maintenant franchement espiègle, voire joueur.

— Que voulez-vous, monsieur ? demande la Tarentule qui n'a pas le temps de s'inquiéter quand il la soulève dans ses bras, qu'elle laisse tomber sa canne et qu'il la jette, assez haut, pour faire une jolie courbe, dans l'escalier où elle s'écrase une vingtaine de marches plus bas, dans le tournant entre deux étages.

La Tarentule se dit qu'elle est encore vivante mais s'inquiète de ne pas avoir mal. C'est ballot, cette histoire. Elle avait trouvé comment convaincre Machecourt de ne pas adopter la politique de la terre brûlée mais elle ne se souvient plus de ses arguments. Elle se souvient en revanche d'une petite fille qui court dans les rues pluvieuses de la Ville close de Concarneau dans les années 50, et d'une jeune femme, qui danse sur *C'est extra* de Léo Ferré avec un futur ministre encore énarque, dans un mariage des années 70.

La Tarentule aura eu son histoire d'amour comme les autres. Ça la console alors que Charles Delescluze se penche sur elle. Son sourire n'est plus espiègle mais presque attendri et la dernière chose qu'elle sent, au moment où l'hémorragie envahit sa bouche, c'est la main du jeune homme aux lunettes dorées qui caresse ses vieux cheveux.

L'ultime événement qui a lieu dans cette soirée, le narrateur n'a pu l'apprendre que bien plus tard. Il est pourtant déterminant pour comprendre comment l'affaire Bonneval a pris un aspect que l'on serait tenté de qualifier de racinien par le conflit qu'elle va mettre en scène entre le désir et la loi, entre la passion et la morale.

Le lecteur s'en souviendra, nous avons laissé la petite fasciste, en tête à tête avec le Chef des Lions des Flandres, au Bouclier, autour d'une Anosteke puis d'une seconde puis d'une troisième jusqu'au moment où le Chef a dit :

— On ne va pas rester là, mous comme des démocrates. Il va y avoir de la chaleur humaine, cette nuit.

Il regarde sa montre :

— Le match Frise-Valenciennes n'est pas fini. On va y faire un tour, Francesca ?

Francesca est un peu soûle. Juste ce qu'il faut pour s'oublier, et elle a besoin de s'oublier.

— Vous venez avec nous, dit le Chef aux joueurs de cartes. Je prends Francesca avec moi.

Il l'emmène dans l'arrière-cour du Bouclier, après la salle de boxe et son odeur éternelle de transpiration à dominante testostéronée. Ça excite vaguement Francesca, comme la perspective de la violence. Elle entre à la suite du Chef dans un box dont la paroi du fond est une partie de la forteresse Vauban. La Harley-Davidson Electra Tri Glide du Chef est là.

— On s'équipe, dit le Chef à la petite fasciste qui ne se sent jamais autant petite fasciste que dans ces moments-là. Il ouvre un placard de fer. Coudières et jambières sont vite fixées. Une matraque télescopique, une bombe au poivre, un casque intégral siglé d'un Sol Invictus autour d'un disque solaire peint en rouge et jaune. Elle aime bien ce folklore de bric et de broc que la khâgneuse sait être un gloubiboulga de références qui n'ont rien à voir entre elles. Mais la militante estime que c'est la part d'enfance de ces garçons qui ont grandi dans des zones pavillonnaires où rôde le néant des maisons sans livres, sans tradition, sans religion, seulement des écrans pour consommer sans même plus bouger leur gros cul.

Elle est comme ça, la petite fasciste.

Le Chef et elle quittent le Bouclier par une porte latérale. Elle monte à l'arrière. Il accélère dans la nuit, sur les quais du quartier du Bastion, entre mer et bassins, puis il rejoint la voie rapide qui va au stade Johnny-Rep. Il conduit vite et bien, et ça rugit agréablement entre les cuisses de Francesca Crommelynck.

La compagnie des hommes, toujours.

Francesca Crommelynck a été, il y a quelques mois, contactée de manière insistante par le collectif Athéna, un groupement de féministes d'extrême droite menée par une petite nana blonde très Neuilly Auteuil Passy. Ça l'emmerde, les bonnes femmes, même les fafounettes. Elle a décliné, elle ne regarde plus leurs vidéos sur YouTube ou TikTok. L'apologie de la chasteté, la préservation pour un seul homme, les rôles spécifiques. Tu parles. Elles lui font penser à cette connasse dans la série *La Servante écarlate*, la femme d'un commandant qui a été la théoricienne de la nouvelle théocratie et qui s'en retrouve la victime.

Francesca veut se battre aux côtés des mecs, tomber avec eux s'il faut tomber, comme Nils. Elle refuse un dieu unique, qui n'aime pas les femmes, elle préfère la mer allée avec le soleil, les siestes dans les oyats, la seule vérité de la beauté sauvage du monde.

Sur la gauche, dans la nuit, au loin, le ciel est orange : c'est la Fosse-aux-Chênes en pleine émeute. Des sirènes, des ambulances les dépassent mais pas de voitures de flics ou si, une seule, mais dans le sens inverse, avec une vitre explosée et un gyro agonisant. Les flics ne sont pas nets sur ce coup-là, Francesca n'est pas dupe : ils ont envie du Bloc, ils laissent pourrir la situation, enfin beaucoup d'entre eux. Pas la commissaire, elle, c'est une républicaine, une chieuse, mais une chieuse courageuse qui veut sauver à Frise ce régime moribond, et malgré la mauvaise volonté séditieuse d'une grande partie de ses propres troupes.

Devant le stade Johnny-Rep, c'est un beau bordel, tout le monde se bat, et il n'y a pas un pandore à l'horizon. Une bonne dizaine de véhicules, dont un car de supporters de Valenciennes, brûle dans le parking. La quarantaine de Lions des Flandres tabassent à tout va. Des membres du kop valenciennois, assiégés, ont formé une manière de dernier carré avec des poubelles en guise de barricades. Ils tirent des fumigènes en tir horizontal sur les zids qui tentent de s'approcher et elle voit Pierrick, un Lion, tomber le visage en sang. Il n'est pas non plus venu avec rien, le kop de VA : elle évite de justesse une boule de pétanque.

Les vigiles du stade, des salariés de Crommelynck Protection, adoptent une neutralité bienveillante pour les zids.

Francesca a repéré le lanceur de la boule de pétanque, elle le rattrape dans le parking, il est gras comme un moine mais fort. Il fait face, essoufflé.

— Petite pute.

Il sort une lame.

Francesca pense que les vigiles de son paternel sont vraiment des branques quand ils contrôlent les entrées, à moins que ce soit plus ou moins volontaire, cette négligence, le bordel en ville, le bordel partout pour que Stanko batte Bonneval.

La matraque télescopique se déplie en sifflant dans la nuit et casse le nez du Valenciennois, Kevin Tricoire, intérimaire chez Toyota Onnaing, trente-cinq ans et électeur du Bloc Patriotique. La matraque s'abat ensuite sur le poignet qui tient la lame puis ne la tient plus car il est cassé aussi. On a entendu le craquement malgré la rumeur ambiante.

Francesca Crommelynck le termine avec un de-ashi-barai impeccable qui le fout par terre de tout le poids de ses 120 kilos. Il gémit : douleur, humiliation. Elle ne l'achèvera pas d'un coup de botte dans la tempe, parce que ce qu'elle aime, c'est la violence, pas la mort.

Après, on entend enfin les flics arriver, mais le gros de la bataille est terminé.

— Tu repasses au Bouclier ?

— Non, ramène-moi chez moi, s'il te plaît.

— Ton père va gueuler s'il entend la Harley.

— T'inquiète…

Quand elle entre dans la maison, sa mère et son père regardent une chaîne info où des têtes de mort commentent la troisième dissolution.

Elle sent sur elle l'odeur de la fumée, de la sueur, du combat. Elle aime ça. Elle n'a droit à aucun commentaire sur ce qu'elle a fait de sa soirée.

Francesca l'ignore, mais elle est à quelques mètres, quelques minutes d'une révélation.

Elle pénètre, prise d'une impulsion, dans la chambre de Nils, peut-être avec l'idée de faire sentir aux mânes de son frère la bonne odeur du combat.

Elle éclaire la pièce. Elle va souvent y chercher des reliques, des livres, des fringues qu'elle porte parfois mais depuis six ans, elle ne s'était jamais allongée sur le lit, ce qu'elle fait, parce qu'elle est fatiguée. Elle se retrouve à moitié engloutie dans une couette moelleuse remplie de plumes d'oie. Elle s'étire au maximum, ses mains rencontrent la tête de lit en bois qu'elle pousse, elle entend un craquement.

Merde, elle a cassé quelque chose. Ce qu'elle peut être brutasse. Elle se relève, s'agenouille, se met à quatre pattes pour vérifier les dégâts.

Ce que voit Francesca, c'est que la tête de lit n'a rien, mais que quelque chose est tombé sur le plancher. Un sac en plastique couvert de poussière où il y a encore la trace de l'adhésif qui le collait au bois. À l'intérieur, une dizaine de carnets Clairefontaine, tous noirs, tous à spirales, tous avec une étiquette mentionnant des dates.

Un journal, un journal intime. Nils.

Francesca est heureuse comme si elle avait découvert la couronne de Golconde (elle adore Virgile, mais aussi Bob Morane).

Elle se demande si elle a le droit de le lire, elle décide que oui.

Elle a tort. Elle va passer assez vite de l'attendrissement amusé (cette orthographe !) à un léger écœurement devant la misère sexuelle de son frère, à un franc malaise quand il parle d'elle, de son désir pour elle, jusqu'à ce qu'elle arrive aux pages concernant un certain mois de septembre, il y a six ans.

Sans doute, Francesca Crommelynck a connu une perte terrible et silencieuse avec le meurtre de Jugurtha, puis la mort de Nils dans une dune belge pendant une fusillade absurde peu de temps après.

Mais là, c'est un effondrement.

Quelque chose meurt en elle.

Non, en fait plein de choses meurent en elle. L'image de son frère, pauvre type et assassin d'un adolescent kabyle qui n'avait pour tort que d'aimer sa sœur. Francesca a suffisamment fréquenté la tragédie grecque et les impostures psychanalytiques de celui qu'elle appelait pour faire la maligne le charlatan viennois, mais elle voit bien que l'amour de Nils pour elle était devenu de plus en plus malsain.

Elle va vomir dans la salle de bain de Nils. Elle respire le flacon d'*Habit Rouge*, et elle vomit encore.

Ça aussi, c'est mort.

Elle rapporte les journaux intimes dans sa chambre. Elle ne veut pas encore se demander ce qu'elle va en faire. Il faut qu'elle sorte de cette maison.

Elle étouffe.

Instinctivement, elle va vers la Clio. Mais non, elle ne pourra plus jamais entrer dans la voiture de Nils. Elle retrouve son VTT, elle pédale vers la mer, elle arrive sur la Digue, elle descend sur la plage, elle abandonne le VTT, elle court, elle court pendant des kilomètres, jusqu'au blockhaus où elle a attendu Jugurtha qui ne viendrait plus jamais. Dans la nuit, face à la mer, elle se met à hurler, hurler comme une louve, elle va hurler comme ça jusqu'au matin, jusqu'à l'aube. Si personne ne vient, c'est que Frise n'est plus qu'une émeute en cette nuit de pleine lune.

Elle cesse de hurler avec le lever du soleil. Ça fait un bon moment qu'elle est devenue aphone sans même s'en rendre compte.

Francesca s'endort enfin sur le sable, dans l'aurore aux doigts de rose, alors que la marée redescend, comme si la mer elle-même avait peur d'un tel chagrin.

9.

La campagne électorale a commencé, à Frise comme ailleurs, dans un climat rendu encore plus lourd par un épisode caniculaire. Il est intense. Il s'est abattu sur l'Europe du Nord, le lendemain de l'annonce de la troisième dissolution par le Dingue.

Il serait bien présomptueux d'établir entre les deux événements, la dissolution et la canicule, un lien de cause à effet. Les dieux du réchauffement climatique sont indifférents à nos agitations microscopiques. Les dieux, dit Héraclite, considèrent comme jeux d'enfants les opinions des hommes. C'est ce que lit et relit la petite fasciste, qui est de moins en moins petite fasciste, dans son anthologie de la Pléiade consacrée aux présocratiques.

Elle qui ne pleurait jamais connaît désormais le goût des larmes. Elle s'enferme dans une solitude dont elle s'aperçoit qu'elle l'a toujours aimée, en fait. Seule, elle l'est le plus souvent dans la maison de la Pinède. Ses parents ne voient rien, ses parents font campagne pour Stanko. Tant mieux, dès que Francesca les voit, elle a envie de leur hurler ce qu'elle a découvert.

Elle a mis dans deux enveloppes kraft des copies du journal de Nils concernant Jugurtha. Elle a écrit sur la première l'adresse de l'hôtel de police de Frise et sur la seconde celle de *La Voix du Nord*. Les enveloppes attendent sur le bureau. Ça ne changera rien. Sauf le scandale qui éclaboussera la famille Crommelynck. Et puis, peut-être que les parents, les frères et sœurs de Jugurtha pourront faire leur deuil, comme on dit dans la novlangue atroce de notre temps.

Maintenant, quand Francesca Crommelynck se souvient de la peau à l'odeur de cannelle de Jugurtha, elle ne se sent plus de nulle part. Ni de notre temps, ni de cette ville, ni de cette famille, ni du nationalisme flamand et néopaïen dont elle n'a plus rien à foutre. Quand tu n'aimes plus, il faut partir. Elle veut partir. D'une manière ou d'une autre et pas dans une ZID ou dans une ZAD. Non, elle veut partir loin, ailleurs : elle se voit serveuse dans un bar argentin, elle se voit caissière dans un supermarché bulgare, elle se voit professeure particulière des enfants d'une riche famille hollandaise expatriée à Djakarta – Francesca maîtrise parfaitement le néerlandais, en plus de l'anglais, de l'espagnol, du latin et du grec ancien et moderne.

Elle regarde plusieurs fois par jour avec les yeux de Chimène le Tanfoglio 22 de son enfance, qu'elle a retiré de la cache derrière les livres de Drieu La Rochelle. Elle a même engagé le chargeur de dix cartouches et fait monter une balle dans le canon en tirant la culasse rouge qui donne à cette arme une allure trompeuse de jouet.

Elle l'a appuyée sur sa tempe. Elle a mis le canon dans sa bouche. Non, elle ne la jouera pas *Feu follet*.

Elle ne passe plus au Bouclier boire des Anosteke pour comploter avec les Lions des Flandres, elle ne passe plus à Crommelynck Protection pour s'entraîner au tir, au krav-maga, pour fatiguer son corps dans la salle de musculation ou dans la piscine en enchaînant les longueurs. Elle préfère la plage brûlante désertée par les Frisois à la peau laiteuse, et les présocratiques lus près du blockhaus en contrebas de la Colline. Les pages de la Pléiade s'abîment avec le sable et les pleurs.

Elle ne veut plus de cette vie-là. Elle veut renaître. Ailleurs. Autrement. L'éternel retour, comme dit son moustachu allemand préféré.

10.

Pendant cette période, à un jour qu'il est difficile de préciser pour le narrateur et les historiens de la chute de notre République, mais au tout début de la campagne électorale, disons, Stéphane Stankowiak, le candidat investi par le Bloc rencontre discrètement le Chef, dans un estaminet de Godewaersvelde, au pied du mont des Cats.

— Je ne veux pas voir tes Lions pendant la campagne. C'est bien compris ?

— Je vais essayer, je ne les contrôle pas tous.

— Je te conseille pourtant de le faire, si tu veux éviter les problèmes. Le Bloc est certain de prendre la circo de Bonneval. Il a maintenu sa candidature malgré l'investiture d'Aït-Ahmed par l'Union Populaire. Hors de question de voir tes gonzes tout foutre en l'air.

Les deux hommes se connaissent bien et

depuis longtemps. Ils aiment l'un chez l'autre l'art d'inspirer la peur. Le Chef pense pourtant que Stankowiak est devenu une couille molle, qu'il raisonne comme un politicard, mais il ne le dira pas. Stankowiak ressemble peut-être à un de ces connards en costume-cravate, mais il est encore capable de tuer quelqu'un à mains nues, ou de le faire tuer.

D'ailleurs, son assagissement ne trompe personne pour qui l'a connu avant. Petit, râblé, Nils lui ressemblait, il dégage une aura glacée, des ondes de paranoïa contrôlée. Sa musculature voudrait faire craquer son costume sur mesure, cintré, qui lui va comme un tutu à un orang-outang. L'étrange petite pointe tatouée qui sort de ses cheveux sur le front, tout ça rappelle au Chef l'époque, pas si lointaine, ou torse nu en plein hiver, ivre de bière et d'amphétamines avec d'autres qui lui ressemblaient, Stanko faisait le coup de poing dans les foyers d'immigrés ou mettait le feu à des bagnoles dans les cités pour énerver tout le monde, ce qui forçait la BAC à intervenir et provoquait des émeutes entre les allogènes et les flics. Cette stratégie de la tension servait bien le Bloc à l'époque du vieux Dorgelles. Mais tout a changé.

Pas pour le Chef qui, jamais, ne ralliera ces traîtres à la suprématie blanche, ces ralliés à ce truc d'esclaves qu'on appelle le suffrage universel, mais pour Stanko : il finira député, et qui sait, un jour, ministre. Le Chef qui, on l'a dit, n'est pas idiot, sait que si le Bloc prend le pouvoir, les Lions des Flandres et tant d'autres auront leur nuit des petits couteaux. Ça a déjà commencé à bas bruit depuis des années. Ils sont nombreux, les nouveaux convertis au Bloc, à nettoyer leurs posts FB et leur compte X. Mais parfois, ça ne suffit pas, ils sont rattrapés par la patrouille : on les voit cinq ou dix ans plus tôt avec une casquette de la Wehrmacht, ou faisant le salut nazi devant un feu de camp. Qui sait, ça pourrait même rattraper Stanko, pense le Chef, et ce ne serait que justice. Si Stanko le fait vraiment trop chier, le Chef pense qu'il doit bien avoir chez lui des photos de Stanko jouant de la matraque sur des Roms enfermés dans les cages d'un chenil désaffecté, du côté de Denain, à l'époque du quinquennat Sarkozy.

Les deux hommes quittent l'estaminet. Il fait trop chaud. Les maisons blanchies à la chaux du village flamand aux rues caniculaires ont de faux airs grecs. Les deux hommes affectent en temps normal un certain climatoscepticisme pour faire les esprits forts, mais ils ne sont pas idiots.

Ça déconne sec dans l'empyrée.

Et, de fait, en ce début de campagne électorale, le narrateur peut affirmer que les météorologues du service Copernicus de la Commission européenne relèvent des records de chaleur dans le nord de la France, mais aussi au Royaume-Uni qui, Brexit ou pas, connaît pour la première fois de son histoire, du Pays de Galles à l'Écosse en passant par les Midlands et Londres, des températures dépassant depuis plusieurs jours consécutifs les 40°. Même chose pour l'Allemagne, la Scandinavie, la mer de Glace de l'Arctique dont l'étendue est de 20 % inférieure à la moyenne. En fait, ça panique chez Copernic. Ça préoccupe bien plus la Commission que l'instabilité politique en France.

Stanko reprend sa bagnole de location en direction de Paris, les Crommelynck font très bien le taf. On a besoin de lui à Paris. Il y a plein de manips intéressantes en ce moment, entre Louise Michel et Agnès Dorgelles, entre le Bloc et une partie de l'appareil sécuritaire. C'est quand même plus intéressant que d'aller s'emmerder à Frise alors qu'il a gagné d'avance.

Le Chef enfourche sa Harley-Davidson Electra Tri Glide et repart vers Frise dans cette campagne flamande qu'il aime plus que tout et qui vibre dans la chaleur. Il est inquiet. Pas à cause de Stankowiak. Il est inquiet à cause de la petite fasciste qui a disparu de la circulation, du jour au lendemain, le soir de la dissolution. Il est inquiet parce qu'il a compris, il y a peu, qu'il n'y avait pas que la campagne flamande qu'il aimait plus que tout.

11.

On est à une semaine du premier tour qui aura lieu le 1er août. Le Dingue a voulu emmerder les Français, les candidats, tout le monde, en fixant le délai maximum pour élire la chambre. Louise Michel profite de l'aubaine pour achever de cadenasser le système, de décréter des états d'urgence à la chaîne à cause de la chaleur, des émeutes, des grèves. On bat des records de vote par procuration.

Patrick Bonneval a chaud, il se sent seul et déprimé, sur le marché de la place Haagdoorn, au cœur de l'îlot des Mollières. Ce n'est pas le meilleur état d'esprit pour faire campagne. La température est de 30° à dix heures en ce dimanche matin. Il distribue des tracts avec les militants de la section. Enfin, ceux qui restent. Bonneval a été mis en minorité, pas de beaucoup, mais en minorité quand même. Au nom de l'Union Populaire, les autres militants ont rallié la candidature de Lounès.

Au conseil municipal aussi. La maire n'était pas la fidèle des fidèles qu'il avait cru. Le PS l'a exclu dès qu'il a déposé sa candidature. La chute mortelle de la Tarentule dans ses escaliers est arrivée au plus mauvais moment. Il l'aimait bien, la vieille.

Sur le marché, Bonneval a le sourire mécanique et garde les apparences de sa coolitude légendaire. Il lui reste quelques atouts. À Frise, et dans toute la circo, il connaît presque chaque électeur. Il se rappelle où ils partent en vacances quand ils le peuvent, s'ils sont au chômage, quelles études font les enfants. Le contraste est étonnant entre son état intérieur, un désert dévasté, et son allure extérieure, grande silhouette d'un Harrison Ford vieillissant mais en forme. C'est Odile qui a toujours trouvé qu'il ressemblait à Harrison Ford.

Odile qui n'est plus là, après une engueulade homérique où elle lui a reproché son irresponsabilité politique.

— C'est ça que tu veux laisser comme héritage, Patrick, l'homme qui aura donné la circonscription au Bloc Patriotique ? Tu ne vaux pas mieux que le Dingue, dans ton genre. Je n'assisterai pas à ça.

Et elle est partie. Partie.

Et loin, encore. Chez ses cousins Declercq de Boston. Les Declercq, il y en a partout depuis qu'ils ont essaimé à partir d'Amsterdam, au XVIIIe siècle. À Frise, avec les biscuits, aux USA avec la tech, en Afrique du Sud, avec les diamants.

Elle n'a même pas essayé de le joindre. Il est tout seul à la Pinède. Il rentre le moins possible à la villa. La maison est vide, lui qui la trouvait trop pleine. Il a reçu un coup de téléphone de sa fille Clémence, depuis sa ZAD.

— Tu fais une connerie, papa.

— Depuis quand tu t'intéresses à la vieille politique, toi ?

— Depuis que les fachos sont sur le point de prendre le pouvoir.

— La gauche est majoritaire dans les projections.

— Oui, mais pas toi. Et c'est déjà une quasi-dictature avec Louise Michel.

Clémence a raccroché. Quant à Pierre, il s'est contenté d'un SMS d'une concision douloureuse : « Tu me déçois, papa. »

Ce que Bonneval ne comprend pas, en ce matin trop chaud, au milieu des étals peu fréquentés, à cause de la chaleur, c'est pourtant une chose simple. Odile Bonneval avait eu une espérance folle en apprenant l'investiture de Lounès Aït-Ahmed : que son mari arrête tout. Ils ont de l'argent. Ils sont en bonne santé. Lui qui ne supportait plus Frise, lui qui avait peur de laisser échapper le meilleur de son existence aurait dû saisir l'occasion. Une retraite au soleil, loin de ce pays contaminé par la folie du Dingue.

Ce qu'Odile ne comprend pas, parallèlement et de l'autre côté de l'Atlantique, alors qu'elle boit un cappuccino freddo avec sa cousine, dans la cafétéria du musée des Beaux-Arts de Boston, après avoir vu une exposition des photographies de Stephen Shore, c'est que Patrick a peur de vieillir avec elle, en fait. Et Odile ne peut pas le comprendre puisque Patrick ne le sait pas lui-même.

La politique est son divertissement, à Bonneval. Un divertissement qu'il n'aime pas, qu'il n'aime plus, mais un divertissement tout de même : il lui évite de se retrouver seul face à sa peur de vieillir. On commet l'erreur commune de voir dans le personnel politique ou médiatique qui s'accroche à ses fromages, dans des indécences parfois largement octogénaires, une hypertrophie du moi, une avidité morbide, le sentiment d'être indispensable. Alors qu'on est tout simplement face à des hommes et des femmes qui ont peur de mourir s'ils s'arrêtent.

Ce malentendu explique pourquoi Bonneval est ce matin-là sur le marché Haagdoorn. Ce malentendu sera la principale cause de l'affaire qui portera bientôt son nom et aussi du dernier amour qu'il va connaître.

Il faut pour cela la conjonction de deux facteurs.

Le premier facteur, ce sont deux Lions des Flandres qui arrivent sur le marché, Maciej Piskor, vingt-trois ans, allocataire des minima sociaux, et Jordan Accard, vingt-cinq ans, cariste intérimaire dans un entrepôt de meubles suédois de la zone du Grand-Catzand. Ils ont la gueule de bois. Ils ne sont pas rentrés se coucher. Ils ont traîné dans tous les rades. Ils se sont castagnés puis, quand tout a fermé, ils se sont finis à la 8.6 dans le parc Ensor où ils n'ont même pas trouvé de gays à fracasser. Quelle misère. Maciej Piskor et Jordan Accard se sentent déprimés, tout comme le député Bonneval. Ils trouvent injuste la stricte interdiction du Chef de ne pas intervenir dans la campagne. Ils ont décidé de désobéir. Le Chef est un vieux con.

Justement, on distribue des tracts socialistes. Une jeune femme qui ressemble étrangement à Véronique Jannot dans *Pause-Café* en donne aux gens devant le stand de fricadelles. Elle voit arriver sur elle Maciej Piskor, ou plutôt elle le sent d'abord : bière, crasse, sueur, c'est insupportable. Maciej Piskor lui arrache les tracts, la gifle, lance les tracts en l'air, rit, édenté.

Maciej entend derrière lui : « Connard de nazi. » Il a à peine le temps d'entrevoir un type qui ressemble à Indiana Jones lui mettre une baffe magistrale. Maciej Piskor est renvoyé en arrière et se cogne contre la paroi du camion à fricadelles. Il glisse, sonné.

Jordan Accard décide de laver l'offense, enfile un poing américain. Il voit quelqu'un arriver derrière Indiana Jones et dire :

— Patrick, attention.

Mais Bonneval n'écoute pas. Bonneval est en colère. Bonneval avance sur Accard. Accard ne comprend pas. D'habitude, les gens ont peur. Accard ne peut pas savoir que Bonneval ressent à peu près tout ce matin, solitude, colère, dégoût, mais pas la peur. Accard, engourdi par la chaleur et la gueule de bois, est lent. Son poing américain passe assez loin du visage de Bonneval qui esquive d'instinct et frappe le nez d'Accard. Le nez est cassé, Accard effondré, le poing de Bonneval contusionné.

Le second facteur, c'est la présence sur le marché de Francesca Crommelynck qui n'est en rien mêlée, on l'aura compris, à cette échauffourée. La petite fasciste, qui ne l'est plus du tout, est descendue à la mer dès l'aube en courant à grandes foulées, pour échapper à un dimanche avec ses parents même s'ils ont une réunion l'après-midi dans une salle de jeunes agriculteurs du côté de Cappel-le-Petit. Il faudrait se les farcir à la table dominicale, sa mère ne mangeant rien et fumant, son père bâfrant les yeux fixés sur son smartphone et elle, le ventre tordu dans un mélange de peur et d'envie de leur hurler à la gueule Nils assassin de Jugurtha, Nils travaillé par l'inceste, Nils dysorthographique avec une écriture d'enfant de CE1. Elle ne peut pas.

Alors la plage, la longue langue de sable dorée jusqu'aux immeubles flous de la première station balnéaire belge, dans la brume de chaleur. La baignade. Deux heures de crawl intensif dans une mer sans vagues, sans vent, sans rien comme dans le rêve d'un monde mort. Le séchage au soleil. Le vrai faux sommeil de ces heures-là, la sensation saisissante que Jugurtha est là à côté d'elle, qu'elle a quatorze ans, que si elle tend la main… Mais non, elle se réveille. Une famille passe, elle entend des rires, ils s'aiment, le frère n'a pas tué le petit copain de la sœur, le frère n'est pas mort dans les noces contre nature de l'idéal politique et du crime organisé. Elle lit un peu les présocratiques dans le volume de la Pléiade de plus en plus esquinté. Elle lit « Le sang qui baigne le cœur est pensée », « Ne cesserez-vous jamais le douloureux carnage ? Ne voyez-vous pas que c'est vous-mêmes que vous égorgez stupidement ? », « Immobile est le nom où se parfait le Tout », des choses comme ça. Ça lui fait du bien.

Elle se rhabille. Il n'est que onze heures. Elle rallume son smartphone éteint depuis trois jours. Dix appels. Des khâgneux de la Doule qui veulent savoir si elle redouble. Un prof qui veut savoir aussi. Le prof de géo. Un gauchiste à la con mais le seul qui n'ait jamais fait d'allusion lourdingue à son engagement et à celui de ses parents. Et puis cinq appels du Chef et autant de messages sur Telegram. Qu'il aille se faire foutre.

Plus jamais le Bastion, plus jamais le Bouclier pour croiser le regard de Nils dans la photo au-dessus du bar. Son cœur bat trop vite. Calme-toi, meuf. Respire. Tu ne peux pas te calmer. C'est bien le problème. Ce n'est pas possible cette chaleur. Il n'y a presque personne aux terrasses des bars et des restos de la Digue. Elle a faim. Elle a envie d'un börek. Se caler avec du gras, du frit. Elle va en trouver chez un Kurde qui s'installe toujours au marché Haagdoorn. Ces cons de Lions avaient voulu le faire dégager, comme quoi c'était du Grand Remplacement alimentaire. Le Chef avait haussé les épaules. « Vous ne bouffez pas de kebabs, bandes de *klojo* ? Bon, alors... »

Elle arrive au marché, elle prend son börek, se goinfre, rote. Elle veut aller voir le bouquiniste ambulant. Il a souvent de vieux livres de poche qu'elle aime autant pour l'odeur de papier humide et pour les couvertures que pour le texte sinon, est-ce que vous croyez vraiment que Francesca Crommelynck est du genre à lire *Mort, où est ta victoire* de Daniel-Rops ?

Elle voit Accard et Piskor qui arrivent. Ces abrutis puent à vingt mètres. Elle remarque alors les soces qui tractent. Elle voit l'agression de Véronique Jannot. Elle voit surtout Indiana Jones au bout de l'allée lâcher ses tracts, serrer les poings, être retenu en vain par un petit mec en costard genre sciences po et une femme plus âgée genre maîtresse d'école ex-soixante-huitarde. Des soces, quoi. Mais Indiana Jones, lui, il va vers les deux représentants de la race supérieure et il te les claque en deux secondes. Ça doit les changer. Elle voit qu'on le filme à droite à gauche avec des portables. « Bravo, Bonneval ! » entend-on ici et là. Des applaudissements sporadiques, aussi.

Bien sûr, c'est Bonneval, se rend compte Francesca, mais elle ne comprend pas pourquoi elle se sent rougir, pourquoi elle a la gorge qui se serre, les mains moites et pas à cause de la chaleur, pourquoi quelque chose de merveilleux lui donne envie de rire pour la première fois depuis les carnets noirs, et même pour la première fois depuis des mois, des années.

Mais en fait, elle sait.

Elle sait sans oser se l'avouer ce qui se passe alors qu'il se retourne vers elle en massant sa main meurtrie, entouré par une petite foule qui le congratule, une petite foule qu'il dépasse d'une tête, d'une tête dont les yeux gris se fixent sur elle, et elle sent que c'est la même chose et lui aussi doit le sentir, ils ne sont pas tous les deux les héritiers de vingt-cinq siècles de littérature, c'est arrivé aux anciens dieux et aux putains, aux reines et aux bourgeois, aux riches et aux pauvres, aux enfants de familles ennemies, aux inconnus de la veille qui se connaissaient pourtant depuis toujours, c'est arrivé à vous, c'est arrivé au narrateur, et on appelle ça un coup de foudre, et on n'y peut rien et c'est arrivé ici et maintenant, sur un marché de Frise, quelque temps avant la chute de notre République.

12.

Personne n'a rien vu de ce qui a eu lieu sur le marché de la place Haagdoorn, personne n'a rien vu de ce qui a *vraiment* eu lieu. Entre Francesca et Patrick Bonneval. Évidemment, le soir, sur les chaînes infos, même si ça ne fait pas la une, on voit passer les films des smartphones des témoins. Sur CNews, on commente la violence inacceptable d'un député socialiste, candidat menacé dans sa réélection, envers deux jeunes gens exprimant une opinion divergente. Ailleurs, les journalistes soulignent la polarisation extrême du débat public. Quelques personnalités de gauche parlent prudemment du civisme du député Bonneval volant au secours d'une militante agressée par l'ultradroite. Prudemment, car il ne faut pas non plus le trans
héros, pour ne pas gêner le candidat
l'Union Populaire, Lounès Aït-Ahm

Mais ça ne dure pas longtemps. L'actualité est trop riche, entre les urgences débordées avec des vieux qui meurent par palettes à cause de la canicule et un nouveau couvre-feu dès dix-huit heures dans trente-sept départements et la totalité de l'outre-mer. Le Nord est dedans. L'ensemble des porte-parole des groupes parlementaires, à la notable exception du Bloc Patriotique, hurlent à la confiscation démocratique, en pleine élection, par une Louise Michel non élue qui est seulement depuis la dissolution chargée des affaires courantes.

Pourtant, quelqu'un d'autre que Bonneval et Francesca Crommelynck a compris. Quelqu'un resté sur sa Harley-Davidson Electra Tri Glide, arrêtée contre la passerelle au-dessus du canal du Chat-Bossu, passerelle qui surplombe le marché. Quelqu'un qui s'est aussi aperçu qu'il aime la petite fasciste. Quelqu'un qui était heureux de l'avoir enfin repérée alors qu'il patrouillait tristement depuis des semaines dans Frise, s'en remettant au hasard et n'osant pas aller chez les Crommelynck parce qu'il avait bien retenu la leçon de Stanko.

Et cet homme, le Chef, avec les antennes des hommes habituellement paranoïaques, comme tous les militants ultras, des antennes rendues encore plus sensibles par cet amour qui l'a surpris, comprend dans sa chair qu'il ne laissera pas les mains sales de ce vieux politicard se poser sur le corps de celle qu'il identifie maintenant à Idun, la déesse viking de l'éternelle jeunesse, à moins que ce ne soit à Mélusine, la fée qui naît de la brume de mer.

Il ne sait plus trop, le Chef.

À cinquante-cinq ans, c'est la première fois qu'il est amoureux à en crever.

13.

Bonneval est dans sa villa de la Pinède, il se soigne la main, tamponne du désinfectant sur les jointures écorchées, se fait un bandage.

— Vous ne voulez pas voir un médecin ? demande son assistant parlementaire, Maël Monnet.

Bonneval fait jouer sa main. Ça va.

— Non, merci.

Il se regarde dans la glace. Ce n'est pas lui qu'il voit. C'est le visage de Francesca Crommelynck. Il est heureux et affolé comme à quinze ans. Ou comme lors de sa rencontre avec Odile, et qu'ils avaient fait l'amour dans son appartement des Mollières, au siècle dernier. Revenir à ces années où le monde était si jeune, à l'odeur des filles après la pluie. Bonneval ne trouve plus aucun intérêt à rien, sauf à cette chanson en lui. Il veut revoir Francesca Crommelynck, vérifier son intuition. C'est l'été le plus étrange de cette vie qu'il croyait pourtant vouée à un aller simple pour le cimetière, dans vingt ou trente ans.

— Vous m'écoutez, Patrick ?

Bonneval s'aperçoit que Maël Monnet parle depuis un moment.

— Vous disiez ?

L'assistant parlementaire, impassible, voit bien que Bonneval est ailleurs. Le choc, sans doute. Avoir laissé sur le carreau deux Lions des Flandres. On peut comprendre. Pour ne pas penser à cette irruption de la violence physique dans son univers policé, Maël Monnet reprend, traite la chose comme un élément de campagne parmi d'autres.

— Il faut gérer ce qui a eu lieu tout à l'heure, Patrick. Je vais demander une protection policière. On ne peut pas évacuer le risque de représailles. Et puis je prépare un communiqué de presse. On peut en faire notre miel, vous savez. La sympathie retrouvée des électeurs pour leur député sortant si courageux, le danger de l'ultra-droite. Bonneval le rempart. Je vais appeler Adeline à Paris pour contrôler les retombées médiatiques. On va bien vous trouver un créneau sur une chaîne info. On ferait ça depuis votre permanence, Patrick. Je m'en occupe.

L'assistant parlementaire quitte la pièce. Il laisse Bonneval dans la salle de bains. Il a l'air à l'ouest, Bonneval.

Bonneval va pisser. Bonneval change de chemise. Bonneval est heureux.

— Vous vous sentez bien, Patrick ? Prêt pour un tour à la kermesse d'Eecke ?

Non, il n'est pas prêt pour la kermesse d'Eecke. Il n'en a rien à foutre de la kermesse d'Eecke. De toute manière, on n'a jamais voté pour lui à Eecke. Et puis vingt bornes par cette chaleur.

— Maël, faites un tour là-bas avec Mado.

Mado Derlinck est la suppléante de Bonneval. L'ancienne directrice d'école primaire.

L'assistant parlementaire regarde Bonneval.

— Vous décompensez, Patrick ?

— C'est ça, je décompense.

Patrick Bonneval n'a pas l'air de décompenser, se dit Maël Monnet. Il a juste l'air ailleurs. Mais je ne suis pas médecin. Je suis juste un idiot qui a choisi le mauvais cheval.

Ne soyons pas trop sévère, lecteur, avec Maël Monnet, ce jeune homme ambitieux. Après la chute de notre République, à l'issue d'une manifestation pacifique, il mourra en garde à vue comme beaucoup d'opposants à l'ordre nouveau. Les témoins de son martyre parleront de son courage sous les coups, de sa dignité.

— Vous voulez vous reposer cet après-midi, Patrick ?

— C'est ça, je veux me reposer.

— Bon, d'accord, Patrick. Mais tenez-vous prêt si j'ai un créneau ce soir pour une chaîne info. C'est courageux ce que vous avez fait, sur le marché...

— Je n'ai pas vraiment réfléchi,

— Ça va aller ? Vraiment ? Vous voulez que je demande à quelqu'un de passer ?

Bonneval prend sur lui. Il regarde son assistant parlementaire.

— Vous faites un travail formidable, Maël et je vous remercie d'être resté à mes côtés dans ces circonstances où je suis isolé comme jamais. Je saurai m'en souvenir. J'ai juste besoin de quelques heures.

Le visage de Maël Monnet, qui dans quelques mois sera méconnaissable comme le sont les visages de ceux qui ont beaucoup souffert en mourant, s'éclaire.

— Merci, Patrick.

Ce n'est pas quelques heures dont j'ai besoin, murmure Bonneval, une fois l'assistant parlementaire reparti, c'est toute une vie.

Là, tout de suite, Bonneval a envie de rêver. Il retrouve l'adolescent contemplatif qu'il était, celui qui pouvait rester des heures à regarder la mer ou le plafond de sa chambre. Ça le prenait comme ça, d'être ailleurs. Sa mère claquait des doigts devant ses yeux : « Reviens avec nous, Patrick. » Il revenait, un peu triste tout de même, il avait laissé des images, des rivages, de vastes portiques que les soleils marins teignaient de mille feux.

Bonneval sent la chaleur puissante du début d'après-midi peser de son poids fauve sur la villa, il va dans son bureau, les murs sont couverts de photos qu'il ne voit plus. Mitterrand et lui lors d'une visite à Frise. Élisabeth II, un vétéran anglais et lui à Frise pour les cinquante ans de l'opération Dynamo. Lionel Jospin, qui ne l'a jamais nommé ministre, et lui, à Frise peu de temps après la victoire de 1997. Des choses de ce genre.

Bonneval s'assoit dans un fauteuil club. Le soleil passe par les persiennes, le silence est plein de Francesca Crommelynck. Il se souvient d'elle à sept ans avec Clémence, une chute de vélo, les deux petites filles à la porte, il avait nettoyé et pansé le genou écorché de la gamine, « Tu vois, mon papa, il est super », avait dit Clémence. Il leur avait même donné à goûter, elles avaient toutes les deux des moustaches de chocolat après avoir reposé les bols. Bonneval s'était senti fort et fier, inexplicablement heureux.

S'agit-il bien de la même Francesca, celle qui l'a foudroyé d'un regard tout à l'heure au marché Haagdoorn ? Il ne veut pas répondre à cette question. C'est un vertige, un vertige heureux. Il sent dans la poche de son chino son portable qui vibre sans arrêt. Il le sort, il refuse de regarder qui l'appelle, qui laisse des messages, il l'éteint, le laisse sur l'accoudoir. Il attend et cette attente est délicieuse. Elle s'appelle Francesca. Rien n'aura peut-être lieu. Cela ne lui fait pas peur. Il ne s'est pas senti aussi bien depuis longtemps. Non, se sentir bien ne veut rien dire, en ce moment précis qui est peut-être le plus accompli de son existence.

On sonne à la porte. Le carillon ne lui a jamais paru aussi émouvant. Il ne vérifie même pas l'écran numérique de l'interphone, il ouvre.

La grande fille blonde est là. Celle qu'il attendait sans le savoir depuis l'enfance, depuis qu'un petit garçon de Frise avait vu, un jour de 1971, cette touriste en ciré jaune hissant la voile sous un ciel aux nuages flamands, joufflus, majestueux comme le passage du temps.

Bonneval dit :

— Entre.

Elle entre.

14.

Francesca Crommelynck quitte le marché. Longtemps elle demeure errant dans Frise, elle vit, elle meurt, elle brûle, elle se noie. Plus rien ne lui importe que de retrouver Bonneval.

Elle reprend le chemin de la Pinède dans la ville désertée par le repas dominical et la chaleur. Seul son état explique qu'elle ne se rende pas compte qu'elle est suivie par le Chef.

Le Chef a laissé sa Harley, attachée à la passerelle au-dessus du marché, au mépris de toute prudence. Lui aussi est en proie aux tourments de l'amour. Il s'aperçoit, en essayant de garder la bonne distance, qu'il a si peu vécu. Le Chef ne voudrait pas crever sans avoir connu le fond vert de la mer où valsent les brins d'algues sur le sable ondulé, l'herbe grillée de juin, la terre qui craquelle, l'odeur des conifères et les baisers de

Francesca. Il ne voudrait pas crever sans avoir lu Boris Vian.

À la Pinède, il voit que Francesca rentre chez elle. Les Crommelynck ne sont pas là. Ils font campagne, sûrement. Il hésite à quitter le pin suintant de résine d'où il épie la maison. Lui aussi suinte, sous son bombers Fred Perry hors de saison : s'il le retire on verra son vieux Mac 50 glissé dans sa ceinture. Il n'y a pas grand monde, mais on ne sait jamais. Il attend durant une heure.

Pendant cette heure, la petite fasciste, qui décidément ne mérite plus ce surnom, chez elle, se laisse aller au bonheur d'aimer et remplit un sac de voyage dans lequel elle met des sous-vêtements, des maillots de bain, des jeans, des robes légères, ses affaires de toilette, les présocratiques, *Ada ou l'ardeur* de Nabokov dans l'édition Penguin, et après un instant d'hésitation, son pistolet Tanfoglio 22LR, deux chargeurs et une boîte de cinquante cartouches supersoniques de marque mexicaine. Elle prend aussi une sacoche dans laquelle elle glisse les deux enveloppes kraft avec les copies des carnets noirs pour la police et la presse. Elle prend aussi le carnet noir où la mort de Jugurtha est racontée. L'original. Au cas où.

Elle passe dans le bureau de son père où il y a aussi des photos, mais un peu différentes : avec

Roland Dorgelles, le fondateur manchot du Bloc Patriotique, avec Alessandra Mussolini, avec le vieux Victor Barthelemy, ancien du PPF, mort assez tard pour que le jeune Eusebio se soit fait photographier avec lui lors d'un stage d'été des Jeunes du Bloc, en 1984, dans l'euphorie du premier score à deux chiffres aux élections européennes. Avec Agnès Dorgelles qu'il a aidée lors de sa prise de contrôle du Bloc contre son propre père et la vieille garde.

Il y a un coffre derrière le bureau. La combinaison est la même depuis toujours, c'est la propre date de naissance de Francesca. Elle l'ouvre. Des dossiers, un Beretta 92, deux lingots d'or et environ 50 000 euros en liquide que Francesca préserve en totalité.

Elle ressort, marche en sifflotant machinalement une chanson de Jean-Pax Méfret, *Kolwezi*. On excusera notre héroïne : aussi soudaine et ravageuse que soit l'apparition de l'amour dans sa vie, elle ne peut se débarrasser aussi vite de toutes les pratiques culturelles de son milieu d'origine.

Francesca marche dans la chaleur de l'après-midi. Le Chef la suit légèrement en retrait, de l'autre côté de l'avenue, masqué par la végétation odoriférante. Il voit Francesca qui pose son sac, ouvre une sacoche et glisse deux enveloppes dans une des dernières boîtes aux lettres jaunes de la Pinède. Elle aurait pu tout balancer sur les réseaux, elle le fera peut-être si ça ne prend pas, mais elle est d'une génération qui sait très bien que sur le Net, tout se vaut, même des révélations de ce genre. Les canaux old school de la presse et des flics offriront paradoxalement une légitimation plus rapide à ses infos. Le Chef et les Lions en prendront plein la gueule aussi, puisque les préparatifs et les tenants et les aboutissants de l'expédition de Bredene pour rencontrer la Mocro seront révélés.

Elle marche encore, prend sur la gauche, dans la Pinède, l'allée Paul-Jean-Toulet. Elle s'arrête devant une maison dans le genre anglo-normand mâtiné de toits à pignons flamands. Les riches des années 1920 avaient des fantaisies désordonnées. Cent ans plus tard, elles paraissent charmantes.

— Mais qu'est-ce que tu fous, petite fasciste ? murmure le Chef.

Il la voit de dos, maintenant, face à l'entrée. Elle a posé son sac de voyage. Dans une attitude qui est familière au Chef, elle se cambre, les mains appuyées sur les hanches en étirant son dos avant de les passer dans sa tignasse blonde.

Elle reprend le sac. Monte les trois marches du perron. Sonne.

C'est Bonneval qui ouvre. Le regard de Bonneval fait mal au Chef. C'est un regard qui n'a rien de concupiscent, c'est un regard émerveillé, d'une douceur confondante.

Elle entre. La porte se referme.

Le Chef se demande ce qui coule sur son visage. Il ne sue pas à ce point-là tout de même. Il comprend que ce sont des larmes, lui qui n'a jamais pleuré depuis l'enfance.

15.

Hypocrite lecteur, mon frère, hypocrite lectrice ma sœur, n'espérez pas que le narrateur décrive ce qui se passe à l'intérieur de la villa de Bonneval. L'époque ne s'y prête pas. On n'y verrait qu'un homme de soixante ans qui couche avec une jeune femme de vingt, ce qui représente aujourd'hui une aberration sexuelle impardonnable. On aurait beau dire que Bonneval n'a jamais trompé sa femme, ce qui dans une carrière politique tient de l'exploit, ça ne changerait rien. Son cas n'est pas plaidable. Bonneval le sait, Francesca le sait et pourtant, ils ne peuvent pas faire autrement, c'est comme une délicieuse malédiction, une fatalité voluptueuse, car ils prennent beaucoup de plaisir, l'un et l'autre.

N'espère pas non plus, lecteur, que je te parle de l'évidence surprenante avec laquelle ils se sont déshabillés mutuellement, sans un mot, sans une peur, sans une réticence : c'était comme des retrouvailles.

Plus tard, des mois plus tard, Bonneval aura honte. Pas honte de ce qu'il fait. Honte du corps qu'il offrira à Francesca, même s'il est plutôt bien conservé. Elle sentira cette honte, elle lui en parlera, elle dira qu'elle est inutile mais lui, quand même, pensera, même s'ils seront très loin de Frise : « Sincèrement de quoi avons-nous l'air, j'entends déjà les commentaires, comment puis-je encore lui plaire, elle au printemps, moi en hiver. Alors qu'il aurait suffi de presque rien, peut-être vingt-cinq ans de moins. »

Retrouvons-les maintenant, dans une moiteur bienheureuse, après leurs ébats : ils ont fait l'amour dès le salon, allongés sur le parquet qui donne une sensation de fraîcheur sous le regard bienveillant d'une Vierge à l'Enfant polychrome du XVe siècle, qui vient du côté Declercq.

— C'est fou, non ? dit Francesca en glissant au-dessus de Bonneval et en picorant des baisers sur ses lèvres.

— C'est fou, dit Bonneval.

— Il faut qu'on s'en aille.

— Oui, il faut qu'on s'en aille.

— Tu vas répéter tout ce que je te dis ? Tu te crois dans un film de Duras ?

Bonneval rit. Il sent qu'il bande de nouveau.

Ils remettent ça, en fait, à la grande surprise de Bonneval qui n'a pas connu depuis si longtemps cette vigueur qu'il la croyait perdue à jamais.

Ils vont partir, donc.

Avant, ils ont tracé les grandes lignes d'un plan. Un des plaisirs les plus subtils des amants est de comploter contre le reste du monde, de franchir des lignes, d'inventer des camouflages pour devenir introuvables et injoignables. À ce titre, Francesca et Bonneval, en moins d'une heure, ont trouvé la méthode pour leur éclipse, les contours de leur absence qu'ils souhaitent définitive.

Il y a d'abord Bonneval qui téléphone à Paulette Boitel, à Fort-Mahon. La voisine, une veuve, se fait toujours un plaisir, contre un billet qui met du beurre dans ses épinards, de préparer, avec l'aide de sa belle-fille, la maison de la rue des Dunes : aérer, ouvrir les volets, mettre le chauffe-eau en marche.

— Bonjour Paulette, vous allez bien ? J'arriverai bientôt.

— Mais oui, monsieur Bonneval. Vous venez avec votre dame ? On est dimanche, tout est fermé, je ne pourrai pas vous faire un fond de course.

— Pas grave. Non, je serai seul. Ah, une dernière chose. Je vais être discret, à Fort-Mahon.

Si on vous demande quelque chose, vous direz que je suis là mais que je refuse d'être dérangé et que je ne répondrai pas.

— Vous n'êtes pas en pleine campagne électorale ?

Paulette Boitel est la veuve d'un cégétiste, il a souvent discuté politique avec elle. Elle l'aime bien mais elle trouve dommage qu'il soit socialiste. Personne n'est parfait.

— C'est compliqué, Paulette, je vous expliquerai. Mais je compte sur vous !

Ensuite Bonneval, tout en regardant Francesca se rhabiller – c'est beau comme un strip-tease à l'envers –, rédige un communiqué :

« *L'incident sur le marché de Frise, ce matin, m'a fait prendre la mesure de la polarisation extrême dans notre pays et du danger de l'extrême droite, sous toutes ses formes. Le Président de la République est devenu complètement irresponsable et l'otage d'un gouvernement technocratique et autoritaire. Il faut une majorité à l'Union Populaire, qui, même relative, sera cette fois-ci incontournable. Je n'ai pas été investi par l'Union Populaire et je le regrette, mais je ne veux pas prendre le risque de laisser la 22e circonscription aux mains du Bloc Patriotique de plus en plus manifestement complice de la dérive fascisante du gouvernement de Louise Michel.*

Je retire donc ma candidature.

Mes bulletins ne seront pas présents dans les bureaux pour le premier tour dans une semaine. Je demande à tous mes électeurs ainsi qu'à mes équipes militantes, que je remercie pour leur formidable travail, de mettre leurs suffrages et leurs forces au service de Lounès Aït-Ahmed, candidat de l'Union Populaire, dont Frise et toute la 22e circonscription connaissent le dévouement à notre territoire. Lounès Aït-Ahmed est le mieux placé, je le crois, je le sais, pour garder notre circonscription à gauche.

Pour ma part, afin que les choses soient bien nettes, j'ai décidé de me retirer de la vie politique. »

Il balance sur les réseaux. Dans la foulée, Il envoie un message sur la boucle Telegram de sa campagne à Maël Monnet, lui fait part de sa retraite à Fort-Mahon et lui demande de ne pas chercher à le joindre. Sa décision est irrévocable.

— Il faut faire vite, maintenant, Francesca, dit-il en éteignant son smartphone pour ne pas avoir la tentation de répondre.

Alors qu'il termine hâtivement de remplir un sac de voyage, il éprouve un genre d'ivresse inconnue de lui, une apesanteur joyeuse. Il voit Francesca une arme à la main, un pistolet avec une culasse rouge qu'elle glisse dans sa ceinture, vite masquée par sa chemise en lin.

— L'époque est dangereuse, mon amour.

16.

Francesca ne croit pas si bien dire puisque, au même moment, dehors, en pleurs, le Chef décide que foutu pour foutu, il va tuer tout le monde. Bonneval, Francesca, lui. Il sort son Mac 50.

À cet instant, on voit très bien la tragédie qui pourrait avoir lieu. Bonneval et Francesca sortent de la villa. Bonneval commande l'ouverture du garage. Le Chef tire en marchant, sur Bonneval qui meurt sur le coup. Francesca hurle, dégaine le Tanfoglio 22, deux autres détonations, simultanées : la balle supersonique mexicaine fait un trou rond dans le front du Chef alors que Francesca est touchée au cou. Le Chef s'effondre sur l'asphalte couvert d'aiguilles de pin roussies par la canicule, Francesca sur le corps de Bonneval qu'elle couvre de son sang, cherchant désespérément un souffle qu'elle ne trouvera plus, avant de mourir en quelques secondes.

Oui, ça pourrait se terminer ainsi.

Mais non.

Le Chef a déjà sorti son arme quand son portable vibre. C'est Stanko. Il pourrait ne pas répondre. Ses réflexes militants sont les plus forts, sa peur aussi. Il rengaine l'arme. Revient derrière les arbres.

— Stanko ?

— Tu es un connard. Un parfait connard. Je t'avais pourtant prévenu. Il a fallu que deux de tes décérébrés fassent les cons sur un marché de Frise. Tu n'as pas tenu tes troupes. Et Bonneval va passer pour un héros. Considère-toi comme un homme mort.

En face de lui, à moins de trente mètres, le cœur déchiré, le Chef voit un cabriolet CLK, décapoté, avec à bord Francesca au volant et un Bonneval en lunettes noires, radieux, à ses côtés, sortir du garage en marche arrière avant de disparaître au prochain tournant, dans la torride paix dominicale de la Pinède.

Le Chef pleure.

— Tu chiales en plus !

— Stanko ?

— Quoi ?

— Je t'encule.

Et le Chef raccroche.

Il appelle ensuite Maciej Piskor, qui ne répond pas. Puis Jordan Accard, qui répond :

— Ça va, Chef ?

— Tu as Stanko au cul, Jordan. Et Maciej aussi. Tu sais où il est ?

— Avec moi. On pêche à l'étang Goriau. Vous voyez où ? Ça mord pas.

— Tu as compris ce que je viens de te dire ? Vous avez fait les cons au marché, ce matin. Ne nie pas.

— On est désolés, Chef.

— Vous avez entendu parler de Stanko, non ? Il va s'arranger pour vous faire la peau.

— On fait quoi, alors ?

La voix de Jordan Accard montre qu'il vient, enfin, de comprendre.

— Vous quittez le Nord. Vous allez vous planquer où vous voulez. Changez de vie, faites profil bas. Mais ne restez pas dans le coin.

— Et les Lions, Chef ?

— Pensez à vous. Promettez-moi de changer de vie, loin.

Il s'aperçoit, le Chef, qu'il les aime, ses petits blancs décavés. Comme il a aimé tous les Lions. Mais maintenant, c'est fini. Si ce n'est pas la gauche, ce sera Louise Michel ou le Bloc qui en finiront avec eux et avec tous les groupes zids.

— Et vous, Chef ?

— T'occupe. Laissez vos cannes à pêche. Et partez sans vous retourner.

Il raccroche.

Pour être bien complet, il faut savoir que Maciej Piskor suivra les consignes du Chef. Il est, aux dernières nouvelles, employé dans une supérette de la Creuse, du côté d'Aubusson. Il boit moins, marche en forêt, a marié une jeune Arabe de Felletin, assistante sociale. Ils vivent bien, avec le potager et le poulailler. Parfois, la nuit, ce qui lui manque, à Maciej, ce n'est pas la bière, la baston, le Bouclier. Non, c'est la mer du Nord, les plages infinies. Mais sinon, ça va.

Jordan Accard, lui, restera à traîner à Frise, avec les Lions tout aussi désorientés que lui par la situation. Il ne se voyait pas partir ailleurs. Il avait même un peu peur de l'ailleurs. Ça allait s'arranger. Il l'a cru jusqu'à la nuit du 10 août. Il a été réveillé par deux hommes en cagoule dans sa piaule d'une HLM sur le point d'être détruite et déjà presque totalement désertée, derrière la Doule. Les deux hommes l'ont emmené dans une cave. Ses hurlements n'ont fait bouger personne et il a accepté la mort avec gratitude, au petit matin.

Quant au Chef, ce dimanche-là, il se souvient qu'il y a un coin de la Pinède d'où l'on voit la mer. Il finit par le trouver. Quelques tâches bleues entre des branches et des toits, un toit d'azur où picorent des mouettes.

Il respire à fond. Il respire à pleins poumons la résine, le sel. Il aurait aimé un peu de vent quand même. Adieu, ma petite fasciste, dit-il, en entrant le canon de son Mac 50 dans la bouche et en appuyant sur la détente.

17.

Ensuite, alors que se précipitent de manière souterraine les événements qui vont aboutir à la chute de notre République, Francesca et Bonneval voient les choses d'assez loin, avec une indifférence qui les surprend tous les deux.

En cet été brûlant, ils ont pris la direction du nord et ils connaissent le plaisir de rouler sur les autoroutes qui couvrent de leur maillage serré cette partie de l'Europe. Ils ne vont à vrai dire nulle part, pris au pur plaisir de rouler dans des décors géométriques, presque abstraits: azur, néons, motels, stations-service, nuit, aires de repos, nuages mauves des pics de pollution à l'aube. Ils écoutent Haydn qu'ils aiment tous les deux, Marvin Gaye, Jimmy Hendrix et Tindersticks (Bonneval), Jordana & TV girls, La Position du tireur couché, The Last Diner Party (Francesca).

On les a vus dans le cabriolet CLK au large d'Anvers, d'Utrecht, de Brême, de Dortmund, de Leipzig, puis ils sont à nouveau en Hollande, vers Groningue avant de remonter franchement vers la Baltique, Hambourg, Rostock, Kiel. C'est l'amour gyrovague. Ils sont aussi heureux l'un que l'autre dans ces chambres luxueuses, impersonnelles, où ils baisent sans être entravés par des preuves de leurs vies passées.

Quand ils ne baisent pas, ils lisent, tête-bêche. Francesca, *Ada ou l'Ardeur*. Bonneval, *Splendeurs et misères des courtisanes.* Parfois, les doigts de pieds agiles de Francesca jouent machinalement avec le pénis de Bonneval qui arrête assez vite de suivre les manipulations de Vautrin et l'ascension de Rubempré. Le roman préféré de la Tarentule, se souvient Bonneval.

On les a vus vérifier la pression des pneus du cabriolet CLK dans une station-service sur l'aire de Neustädter Bucht Ovest et faire tourner leurs fringues dans des laveries de la banlieue de Lübeck, de Berlin, d'Aahrus. Pour Aarhus, c'est lorsqu'ils ont décidé, sur une impulsion, de passer au Danemark, de remonter au nord du Jutland, à Skagen, pour voir la ligne de rencontre de la Baltique et de la mer du Nord qui refusent de se fondre l'une dans l'autre, tout le contraire d'eux.

Ils se sont baignés malgré les panneaux d'interdiction, mais ils n'étaient pas les seuls, tout le monde profitait de l'été exceptionnel, comme le sont souvent les étés avant les grands désastres historiques. Le grand-père de Bonneval lui avait raconté à quel point il avait été insupportablement beau, à Frise, lorsque les Allemands avaient commencé à occuper la ville juste après l'opération Dynamo.

Skagen est la seule concession que font Francesca et Bonneval aux paysages pittoresques. Pour le reste, ils veulent continuer à être des particules indécidables. Ils ne veulent pas savoir à l'avance quelle bretelle d'autoroute ils prendront, où ils s'arrêteront. Les noms sur des panneaux ne sont que des abstractions, ils deviennent des épures d'eux-mêmes, des fantômes qui ne récupèrent leur corps que dans le sexe. C'est pour cela qu'on ne les a pas retrouvés, si tant est qu'on les ait cherchés.

— Nous sommes des hors-la-loi, libres et euphoriques, une jeune guérilla clandestine au cœur de Babylone, dit Francesca, par un crépuscule bleu de Prusse.

— De qui est-ce ?

— Un communiqué du Weather Underground en 1970. Un groupe de gauchistes américains.

Bonneval apprécie. Libres et euphoriques,

c'est ça, exactement ça. Bonneval ne s'étonne plus de l'érudition politique de Francesca, même si elle est contraire à son appartenance d'origine. Ce qui étonne Bonneval, c'est que Francesca l'aime, l'aime comme ça.

Ce qui se passe à Frise et en France leur parvient par hasard ou presque. Ils rallument leur portable seulement quelques minutes par jour, le temps de voir s'entasser les appels, les messages. Ils n'écoutent ni ne lisent. Ils savent déjà tout ce que diront les autres. Eux seuls parlent une langue neuve pleine d'informations inédites qu'ils se murmurent à l'oreille alors qu'une nuit tropicale tombe sur la vieille Hanse : la langue des amants.

La seule personne que Bonneval rappelle, c'est Paulette Boitel. La vieille dame a compris qu'il n'était pas à Fort-Mahon.

— Ça m'arrangerait, madame Boitel, qu'on continue à le croire quelque temps.

— Je ne sais pas si ça pourra durer très longtemps. J'ai vu des gens sonner. Des flics, des journalistes, des amis à vous. Je ne sais pas comment ils ont su que j'avais vos clefs. Moi, je leur dis que vous êtes là, et je leur claque la porte au nez.

L'avantage des communistes de cette génération, qui ont eu des parents dans la Résistance, c'est qu'ils ne balancent pas.

— Je vous remercie, madame Boitel.

— C'est politique ?

Bonneval a une moue songeuse. On dirait un môme, pense Francesca qui fond. Bonneval répond à Paulette Boitel :

— D'une certaine manière, oui, c'est politique. Je n'ai peut-être jamais rien fait d'aussi politique de ma vie.

— Bonne chance, camarade, rigole Paulette.

Par curiosité, sur TV5, dans un motel de Magdebourg, au bord de l'Elbe couleur d'encre sous les étoiles, ils regardent les résultats du premier tour. Francesca et lui se gavent de ces sandwichs au hareng qu'ils adorent et qu'ils sont allés chercher dans un fast-food Nordsee de l'autre côté de la route.

Le Bloc est en tête avec 35 % des voix, l'Union Populaire derrière à quelques décimales, la droite est à moins de 5, la coalition centriste du Dingue aux environs de 15. La surprise, elle vient de la 22e circonscription du Nord.

Lounès Aït-Ahmed est élu au premier tour, avec 50,09 % des voix.

Stéphane Stankowiak est à moins de 40. Une gifle.

Ils voient les résultats du second tour, dans

un chalet thermal de Bad Beavensen, après avoir fait des cochonneries joyeuses dans le spa de l'hôtel qui est ouvert très tard.

La gauche frôle les 280 sièges. Le Bloc, 250. Vingt députés du centre annoncent leur ralliement à la gauche à l'unique condition que le Premier ministre ne soit pas un Insurgé de Machecourt. La Tarentule ne s'était pas trompée. Mais, vraiment, Bonneval s'en fout. C'est incroyable à quel point il s'en fout. Premier ministre. Tu parles, Tarentule.

Quelques jours plus tard, sur une chaîne info vite zappée sur l'appli myCanal de son Galaxy, Bonneval tombe sur une journaliste, probablement encore intoxiquée par la Tarentule disparue. Elle explique que le retrait de Bonneval, qui aurait été un des rares noms pour Matignon étant donné la nouvelle configuration de l'Assemblée, s'explique autant par le climat de violence dans le pays que par les menaces qui pesaient sur lui. La preuve, on a retrouvé le corps d'un leader identitaire à quelques centaines de mètres de son domicile. Difficile de n'y voir qu'un hasard, même si cet homme se serait suicidé.

— Tiens, il est mort, lui, dit Francesca, sans émotion particulière. Il n'aura pas vu la fin du Bouclier.

C'est à Leyde, dans un Hilton sur un boulevard extérieur, qu'elle apprend les conséquences de son envoi des carnets noirs. Les flics de Louise Michel ont pris ce prétexte, mais aussi la mort du Chef et d'un de ses hommes torturés dans la cave d'un immeuble frisois pour faire jouer à plein les lois antiterroristes. On arrête massivement pendant l'entre-deux tours les zids de tout le pays. Certains auraient résisté, il y a dix morts. Ce soir-là, Francesca raconte Nils à Bonneval. Elle pleure. Il trouve les mots.

Le lendemain, comme ils l'avaient prévu, ils prennent à Amsterdam, le soir, un avion pour Rio. À Rio, ils prennent un autre avion pour un pays lointain, avec une monnaie faible, des plages et une situation politique stable.

On perd définitivement leur trace.

18.

Francesca et Bonneval ne sauront donc pas qu'Odile Bonneval revient de Boston le 7 août, la veille du second tour.

Odile loue une voiture à Roissy, arrive à Frise en fin d'après-midi, après une route pénible, interrompue à de multiples reprises par des barrages de divers mécontents ou des contrôles de police. Le visage ensanglanté d'un agriculteur productiviste s'écrase à un moment sur sa vitre avant que celui-ci ne soit happé par un CRS. Elle sursaute. Elle est vaguement contrariée par les traces rouges gorgées de pesticides qu'elle ne peut pas essuyer.

Pourtant, elle se rend à peine compte du climat insurrectionnel. Elle est fatiguée par le jet-lag, elle est malheureuse, elle écoute sur sa playlist son album favori, dont on sait désormais qu'il s'agit de la BO de *Virgin Suicides*. Elle ne voit pas, ici et là, de part et d'autre de l'autoroute, quand elle contourne les villes, les zones commerciales incendiées par des émeutiers, sinistres sous le ciel impeccable, comme à Roye, à l'échangeur de Péronne, dans le bassin minier, à l'approche de Lille, à Hazebrouck, à Dunkerque ou à l'arrivée sur Frise, au Grand-Catzand.

Elle pense à son mari. Elle n'a plus de nouvelles. De nouvelles directes, en tout cas. Il y a eu les appels de son assistant parlementaire, c'est tout. Pour lui expliquer le renoncement brutal, la retraite à Fort-Mahon.

À Boston, chez ses cousins, elle a eu une brève aventure sexuelle et satisfaisante avec un Declercq promoteur immobilier qui ressemblait à John Kerry, pour ceux qui se souviennent de qui c'était. Ils ont copulé dans la cabane de Thoreau, près de l'étang de Walden. On était en semaine, il pleuvait à cordes dans la forêt, il n'y avait personne. Elle n'en a éprouvé aucune culpabilité. Elle était loin de Frise. Loin de Patrick. Loin de tout. Rien ne portait à conséquence. Elle s'est retenue de rire quand une écharde est rentrée dans le cul du sosie de John Kerry car il l'avait prise alors qu'il était assis sur la réserve de bûches dans la cabane où tout était faux, sauf, précisément, les bûches. Elle a déposé un petit baiser furtif sur la joue de la statue de l'ermite célèbre devant la cabane. Elle s'est promis de lire *Walden.*

Son premier adultère en trente-cinq ans de mariage. Et pouvait-on parler d'adultère, a-t-elle pensé alors que John Kerry quittait Concord toujours sous une pluie battante pour rentrer à Boston, à une petite heure de là, et se tortillait sur son siège en conduisant, gardant son amabilité Nouvelle-Angleterre, malgré sa gêne qui tenait autant à sa méditation post-coïtale qu'à sa fesse gauche percée. En tout cas ce n'était pas comme cela qu'elle se vengerait de Bonneval.

Elle avait vraiment voulu se venger. Voir Patrick s'accrocher malgré la candidature de Lounès Aït-Ahmed l'avait mise en colère. Patrick lui préférait la politique, le pouvoir, alors que tout s'effondrait si manifestement autour d'eux. Quand elle a appris qu'il s'était retiré la semaine précédant le premier tour au profit du docker, elle s'est dit qu'il était de son devoir de revenir. Qu'elle devait être à ses côtés. Elle a vu dans ce retrait une preuve d'amour.

C'est à ce moment-là qu'elle a mesuré l'ampleur du bordel qui régnait en France. Tous les vols pour la France étaient annulés. Compagnies aériennes en grève. Aéroports paralysés. Orly était même devenu une ZAD. Des écolos radicaux occupaient les pistes, la canicule démesurée prouvait l'urgence d'en finir avec le transport aérien. Le mouvement d'occupation des pistes avait même gagné l'Espagne, l'Italie, la Belgique et les Pays-Bas. Il y avait bien un Boston-Francfort qui circulait encore, mais il était complet pour les cinq jours à venir. Elle suivait les chaînes infos françaises. Les heurts violents entre les jeunes et les CRS sur les tarmacs. Elle a cru apercevoir Clémence sur les pistes de Blagnac. Elle l'a appelée, Clémence a répondu. Odile Bonneval a à peine reconnu la voix de sa fille. Oui, c'était bien elle, elle était au CHU de Toulouse. Rien de grave, maman. Puis Clémence s'était effondrée en larmes. Les CRS avaient tiré. Il y avait eu des morts et des blessés. Elle avait eu le bras cassé, un traumatisme crânien.

— Tu veux revenir à la maison, ma chérie ?

— Oui, vous revoir tous les deux. Tu as vu, papa s'est bien comporté, finalement, il s'est retiré.

Quand Odile arrive à Frise, elle prend conscience brutalement de sa solitude, elle pleure, se perd en imprécations. Toujours aimer, toujours souffrir, toujours mourir. Elle dort quelques heures, s'aperçoit le lendemain que Bonneval, en plus, a pris le cabriolet CLK. Elle prend le Duster pour Fort-Mahon. Elle doute qu'il soit là-bas.

Elle y arrive à midi, le dimanche, par une température délirante. Il n'y a personne ou presque sur la plage. La mer est un miroir aveuglant qui ne ressemble pas à la Manche. Plus rien ne ressemble à rien. Elle gare le Duster dans l'allée devant le garage. Elle entre dans la maison. Elle crie : Patrick. Personne ne répond.

— Madame Bonneval ?

Elle sursaute. Elle se retourne. C'est Paulette Boitel.

— Il n'est pas là ?

— Non.

— Vous ne savez pas où il est ?

— Non. Mais il veut que l'on croie qu'il est là.

Et Paulette Bonneval explique. Elle demande :

— Qu'est-ce que vous allez faire ?

— Rester. L'attendre.

— Il y a des journalistes, dans le coin, et peut-être des flics aussi.

— Je leur dirai qu'il est là. Ça le fera peut-être revenir.

D'ailleurs, on sonne déjà. On a dû voir le Duster garé dans l'allée.

On, c'est une journaliste, accompagnée d'un cameraman.

— Oui, Patrick Bonneval est bien ici, dit Odile Bonneval dont le beau visage fatigué de patricienne flamande fera forte impression sur le public. Non, il n'a pas l'intention de parler aux médias. Oui, il est au courant que son nom circule pour Matignon, si la gauche était majoritaire ce soir. Mais il ne demande rien pour lui-même. Si on devait faire appel à lui, alors il saurait prendre ses responsabilités.

Odile Bonneval se force à sourire. Elle voit la chemise trempée de sueur du cameraman, le regard avide et déçu de la journaliste en mal d'exclu. Odile Bonneval la plaint.

Elle demande à Paulette de rester avec elle pour regarder les résultats du second tour.

Paulette sent la détresse d'Odile. Paulette reste. Les deux femmes mangent des Chamonix orange quand apparaissent sur l'écran les premières estimations sur ce que sera la dernière chambre élue de notre République.

19.

— Il faut lever l'hypothèque de la gauche, Louise. Ne pas leur laisser le temps de constituer un gouvernement. D'après nos pointages, il y a Chambelland et Bonneval qui pourraient être des recours. Hélène Fourniaud est dans les choux.

— Bonneval aussi, non ? Il a annoncé qu'il se retirait de la vie politique. Tu ne veux pas laisser pourrir jusqu'en septembre ?

— Non, le Dingue veut aller vite, je crois qu'il se doute de quelque chose.

— Ah, je n'aime pas ça, qu'on me presse.

— Personne ne te presse, Louise. Tu n'as même pas besoin de donner ton feu vert. Ni toi, ni moi d'ailleurs. On peut juste passer le mot, installer l'idée, tu le sais mieux que moi. Il n'y a pas de complot, il y a juste une façon de laisser s'installer une conjonction de facteurs, une atmosphère propice. Le reste se fait tout seul. Kennedy en 63, le retour de De Gaulle en 58.

— Alors vas-y.

— Louise ?

— Oui ?

— J'aimerais qu'on se marie.

— Ne sois pas si sentimental, monsieur le chef de cabinet. Remets ton pantalon. Va travailler.

20.

Odile Bonneval, au bout de huit jours, est obligée de dire que Bonneval a trouvé une retraite plus tranquille qu'elle s'interdit de révéler, mais qu'il va très bien. Ce n'est plus tenable. Il y a des photographes tout le temps sur la dune, derrière la maison, qui donne directement sur le jardin où elle fait de la chaise longue avec Clémence qui est revenue au nid, le bras cassé, des contusions sur tout le corps.

Odile ment aux journalistes, ce qui n'est pas très difficile, mais aussi aux fidèles de Bonneval, à tout le gratin du PS, ce qui est plus compliqué. Le petit Maël Monnet, surtout. Il arrive le 16 août vers midi et implore qu'on lui dise une vérité qu'Odile ne connaît pas. Elle n'est bizarrement, malgré l'atmosphère d'effondrement du pays, pas franchement inquiète pour la vie de Bonneval.

En voyant chez Clémence et chez Maël Monnet un sourire qu'elle ne connaît ni à l'un ni à l'autre quand leurs regards se croisent, elle comprend.

L'amour. Patrick n'est plus visible à cause de l'amour. Il n'a pas renoncé à se présenter pour elle ou pour la République, mais pour une petite salope quelconque.

Elle boit trois Bushmills d'affilée dans le fauteuil club devant la table en rotin où naguère la Tarentule exposait ses plans. Quel salaud. Non, mais quel salaud.

Elle sort, nom de dieu, qu'est-ce qu'il fait chaud. Elle va sur la promenade déserte, à trois heures de l'après-midi. La mer est basse. Ça miroite sur les bâches laissées sur des kilomètres par la grande marée d'équinoxe. Un décor de fin du monde.

— Madame Bonneval ?

Elle se retourne, elle reconnaît vaguement la voix. C'est Eusebio Crommelynck. Ils se connaissent de vue, se croisent à la Pinède, à des pince-fesses municipaux. Aucune sympathie particulière, ni antipathie. Eusebio Crommelynck a des cernes impressionnants. Il a un bermuda ridicule et un de ces sacs à main pour homme qu'Odile associe toujours à des moniteurs d'auto-école à l'haleine fétide.

— J'ai appris que vous étiez à Fort-Mahon. Je présume que votre mari n'y est pas.

— Qu'est-ce que ça peut vous faire, monsieur Crommelynck ?

— C'est que s'il avait été à Fort-Mahon, je serais venu le tuer. Et que si je le retrouve un jour, je le tuerai.

Odile regarde l'homme. Il a l'air incroyablement triste et incroyablement décidé.

— Je pourrais vous tuer aussi, vous savez. Juste pour me venger, dit-il.

Odile Bonneval a peur. Il fait trop chaud. Les trois whiskeys lui font mal au crâne, elle a vaguement envie de vomir. Du bar improvisé sur la plage, comme chaque année, alors qu'il n'y a personne, on entend soudain, beaucoup trop fort « Sarà Perché ti amo » de Ricchi e Poveri, comme si on était encore au temps d'*Hôtel de la plage*, au temps des étés heureux des Trente Glorieuses.

Maintenant, Eusebio Crommelynck sort un Beretta 92 et l'agite devant le nez d'Odile.

— Je pourrais, je pourrais, je pourrais.

Et il s'effondre en larmes. De gros sanglots de bébé. Il rentre son arme dans le sac à main. Il hoquette :

— Ma petite fasciste. Votre mari m'a pris ma petite fasciste.

— Qu'est-ce que vous racontez ?

— Ma fille… ma petite fille.

— Francesca ?

— Oui.

— Mais vous êtes fou, Crommelynck.

Alors Eusebio raconte. Les carnets noirs, les révélations sur Nils, la mort du Chef, mais surtout, surtout, les Lescroart, sympathisants du Bloc, qui ont vu, le dimanche de la semaine avant le premier tour, passer devant leur jardin, à la sortie de la Pinède, le CLK rouge d'Odile avec à son bord Bonneval et Francesca.

— On n'a plus revu ni l'un ni l'autre. Alors j'ai cherché, j'ai reconstitué. C'est un peu mon job quand même, à Crommelynck Protection. On a des amis dans la police, au Bloc, madame Bonneval. Enfin bref, votre CLK, si vous voulez le récupérer, il est à la fourrière d'Amsterdam. Votre mari et ma fille ont pris sous leur nom deux allers simples à l'aéroport de Schiphol pour Rio, il y a cinq jours. Après, allez savoir…

Cette fois-ci, Odile ne peut pas se retenir. Elle vomit. Elle ne boira plus jamais de Bushmills. Mais ça va mieux. Un peu mieux.

Eusebio pleure toujours. Il dit son fils deux fois mort. Il dit sa femme qui s'est barrée. Il dit qu'il en a marre de tout ça. Il le gueule, même sur la promenade dont le revêtement fond – on relèvera ce 16 août, 43° –, « J'en ai marre de tout ça », avant de disparaître, pour toujours, au moins de notre récit.

21

C'est le 16 août, le lecteur se le rappellera, que Victor Serge arrive à Fort-Mahon et se trompe de maison, ce qui lui coûtera la vie et sauvera celle d'Odile et Clémence Bonneval. Les déclarations d'Odile ayant filtré dans les médias et les appareils politiques, on a bien tenté de joindre Victor Serge pour lui dire qu'il y avait contrordre, que Bonneval n'était pas à Fort-Mahon, mais un contractuel de ce genre-là, une fois que c'est lancé, c'est comme un missile nucléaire, ça ne fait pas marche arrière, on ne le commande plus, il est injoignable.

C'est le 16 août, dans la soirée également, que le député Guy Chambelland rentre dans sa circonscription, à Vieux-Boucau, dans les Landes, pour se faire désirer par les parlementaires de gauche. La voiture conduite par son chauffeur explose à la hauteur des arènes de la commune.

Il meurt. Plusieurs éclats retomberont dans l'arène, blessant de nombreux aficionados et décapitant le toréador sous les yeux émerveillés du taureau.

La mort d'un premier ministrable, la tentative d'assassinat d'un second furent attribuées à une attaque islamiste pour déstabiliser une démocratie chancelante et revendiquées quarante-huit heures plus tard par le groupe Lumière du Djihad, déjà bien connu des services du ministère de l'Intérieur.

Cela, ajouté au chaos social, au chaos climatique – divine surprise qui allait faciliter les choses –, au scandale quand on apprit que le député Bonneval s'était enfui avec une jeune fille sous emprise de quarante ans de moins que lui – le fascisme de la jeune fille en question devint tout à fait accessoire –, tout cela, donc, poussa la Première ministre Louise Michel, avec l'aide de quelques généraux et de hauts responsables des services de sécurité, à déposer le Dingue le 25 août, à déclarer la loi martiale, à fermer les frontières et à couper Internet ainsi qu'à prendre le contrôle des réseaux de télécommunications.

L'Assemblée nouvellement élue protesta. On arrêta tous les députés y compris, à leur grande surprise outrée, ceux du Bloc Patriotique.

22.

À des milliers de kilomètres de là, apprenant la chute de notre République, Bonneval se souvient des *Mémoires* de Blum racontant l'arrivée de Pétain au pouvoir le 10 juillet 1940 : « Ainsi, pour se dégager du tourbillon, il n'aurait fallu qu'un moment de sang-froid, qu'un effort de réflexion. Mais on ne réfléchissait pas. On se laissait emporter, comme une foule en panique, par les courants collectifs d'épouvante et de lâcheté. »

Et puis Francesca l'appelle pour se baigner. Il sort du petit bungalow à la limite des cocotiers, avec personne à des dizaines de kilomètres. Il ne sait pas combien de temps tout cela durera, il va vieillir, Francesca partira et ce sera très bien comme ça.

Ou, s'ils n'ont pas de chance, l'État Nouveau de Louise Michel, qui a la fâcheuse habitude de faire exécuter ses opposants à l'extérieur, les retrouvera peut-être. Il les éliminera. Pour effacer tout risque de retour de Bonneval, qui pourrait faire figure de recours malgré le scandale.

Il n'y croit pas trop, Bonneval. On exagère toujours sa propre importance. Et le narrateur, qui est peut-être Bonneval lui-même si on en juge par les cahiers noircis de sa main dans le bungalow et qui racontent l'histoire que vous venez de lire, n'y croit pas non plus.

Alors il court, plonge et nage vers Francesca.

Chaque chose en son temps, non ?

ILS ONT COLLABORÉ À CE LIVRE :

PIERRE FOURNIAUD
DIRECTION ÉDITORIALE ET COORDINATION

ANNE LE TILLY
CORRECTION

ALICE MARTIN
RELECTURE

BRUNO RINGEVAL
COMPOSITION

YVAN CARDONA
IMPRESSION

ALEXANDRE BLOMME
RELATIONS PRESSE

LES ÉQUIPES DU CDE ET DE LA SODIS
DIFFUSION ET DISTRIBUTION

AGENCE TRAMES
CESSIONS DE DROITS

LES LIBRAIRES
COMMERCIALISATION ET PROMOTION

DÉPÔT LÉGAL : FÉVRIER 2025
IMPRIMÉ EN FRANCE
PAR CORLET IMPRIMEUR
N° D'IMPRESSION: 25010523